半沢幹一

向田邦子の会話文トランプ

新典社新書 85

はじめに

向田邦子のテレビドラマにおけるセリフの巧みさは、同業のシナリオライターたちも唸るほどのものでした。その巧みさの真髄は、説明に堕さない、ごく自然でありながらも、選び抜かれた、物事の核心を突く会話のやりとりにあります。向田ドラマが放映されたのはもう半世紀近くも前になりますが、今ビデオで見直しても、その会話のやりとりはちっとも古びた感じがしません。

向田ドラマは、会話のやりとりを主として展開する作品といえます。それは、向田がテレビの前にラジオの台本を手掛けていたことに一因があるでしょう。映像のないラジオでは、セリフが命だからです。その才能をいち早く見出したのが森繁久彌であり、「森繁の重役読本」という長寿番組の台本を書き続ける中で、向田はセリフ回しの術をさらに磨いていったと思われます。

テレビドラマのみならず、向田邦子が晩年に書くようになったエッセイや小説もたちまち評判となり、あっという間に直木賞作家となりました。エッセイや小説にも、セリフつまり会話文が取り込まれるのが一般的ですから、テレビドラマでのセリフの巧みさがそれらに生かされるのは、当然予想されることです。

しかし、シナリオと文章のジャンルが大きく異なるエッセイ・小説では、シナリオと同じようにというわけにはいきません。それだけではなく、向田のエッセイや小説の会話文には、シナリオには見られなかった特色も見出されるのです。

小著では、直木賞を受賞した連作短編小説集『思い出トランプ』をメインとして取り上げ、各編において、会話文がどのような役割を果たしているかを明らかにしようとするものです。そこには、ストーリーの面白さだけには止まらない、そしてテレビドラマとはまた異なる、トランプゲームのような向田ワールドが現われることでしょう。

順序として、いきなり小説の会話文を取り上げるのではなく、その前に、向田のテレビドラマのシナリオのセリフ、それからエッセイの会話文がどうなっているかを見てみます。それによって、向田小説の会話文の特色がより鮮明に浮かび上がってくるはずです。

目　次

はじめに ―― 3

シナリオ「あ・うん」のセリフ ―― 7

「あ・うん」というドラマ／セリフとト書き／セリフの少なさ／セリフの巧みさ／ナレーション／登場人物ごとのセリフ／小説版「あ・うん」／セリフと会話文／ナレーションの扱い

エッセイ『父の詫び状』の会話文 ―― 25

シナリオとエッセイ・小説／エッセイと小説／エッセイと小説の会話文／『父の詫び状』の会話文／異色の会話文／発話の分量／話し手ごとの発話数／父親の発話／会話のやりとり／家族間の会話のやりとり／『父の詫び状』における会話文の役割

小説『思い出トランプ』の会話文

小説『思い出トランプ』の会話文 ―― 49

『思い出トランプ』という作品／会話文の分量比率／発話の分量／会話文の位置／会話文の分布／視点人物とおもな登場人物／登場人物ごとの発話／会話のやりとり／『思い出トランプ』各作品の顕著性／『思い出トランプ』における会話文の位置付け

かわうそ 69　だらだら坂 76　はめ殺し窓 82
三枚肉 89　マンハッタン 95　犬小屋 101
男眉 107　大根の月 113　りんごの皮 119
酸っぱい家族 125　耳 131　花の名前 137
ダウト 143

まとめ／会話文の認定／一見、地の文／コミュニケーション小説

あとがき ―― 156

シナリオ「あ・うん」のセリフ

「あ・うん」というドラマ

向田のテレビドラマのシナリオとして、代表作の「あ・うん」を取り上げます。

「あ・うん」は、一九八〇年の三月に、NHK総合テレビの「ドラマ人間模様」シリーズの一つとして、四週連続で放送されました。その好評を受け、翌年には、五月から六月にかけて、「続あ・うん」が五週連続で放送されました。さらにその続編も構想されていたようですが、向田の突然の死によって叶わなくなってしまいました。

「あ・うん」のおもな登場人物は、水田家の当主の仙吉、妻のたみ、娘のさと子、父の初太郎、そして仙吉の友人の門倉修造、妻の君子、愛人の三田村禮子です。

ドラマは、仙吉とたみと門倉の三角関係を中心として展開します。向田の書いた企画書には、「男と女のドラマであり、二つの家の物語であり、日本のある時期の姿でもある。

そんな作品を考えています」(『向田邦子シナリオ集Ⅰ　あ・うん』岩波書店、二〇〇九年)とあります。

この「あ・うん」というドラマのシナリオの具体的な様相を知るために、サンプルとして、その第一回「こま犬」を見てみましょう。

セリフとト書き

シナリオは普通、二つの要素で構成されます。一つは登場人物のセリフ、もう一つは「ト書き(とがき)」と呼ばれる、場面の設定や登場人物の動作・表情などを指示する説明です。セリフはそれぞれ、まず誰が話すかが示され、その下に表示されます。ト書きはセリフとセリフの間、あるいはセリフの中に、小さめに、あるいはカッコに入れて示されます。向田が使っていたシナリオ専用の原稿用紙は、上下二段に分かれ、ト書きが狭めの上段、セリフが広めの下段に書くようになっているものでした。

「あ・うん」の第一回は、全体が四一の場面に分けられ、「仙吉の家・風呂場」の場面から始まり、「玄関」の場面で終わります。セリフとト書きを合わせた文章の分量を、テキスト(岩波版『向田邦子シナリオ集I』)の行数で示すと、全八〇九行となります。そのうち、セリフに相当するのが四六四行、全体の五七・四%です。

シナリオはセリフを中心として構成される文章ですが、「あ・うん」の場合、じつはト書きとそう大きく変わらないのです。逆に言えば、「あ・うん」ではト書きによる、セリフ以外の指示が相対的に多いということになります。先に、向田ドラマはセリフ中心に展開すると記しましたが、これは意外な結果ではないでしょうか。

セリフの少なさ

セリフの相対的な少なさは、一つ一つのセリフの短かさも関わります。セリフの数は全部で四〇〇例ありますが、そのうち一行だけなのが三六二例にのぼり、全体の九割以上に及んでいます。長くても、せいぜい五行で、四例しか見られません。

そのうちの一例を紹介します。仙吉が門倉と一緒に飲んで帰宅した場面で、水田家で今度生まれるのが女の子だったら門倉に譲るという話を持ち出したのに対する、たみのセリフです。

ええ、判っていますよ。門倉さんには、そりゃお世話になってますよ。転任だ、引越だってていやあ、ほかの人には手つけさせないで、何から何まで一人でやってのけて――至れりつくせりのお世話してくれるわよ。――お金で受取ってくれないから、そりゃ、お返し出来ない借りはたまってますよ。でもねえ、どんな義理があっても子供やることとは

この場面では、拒みづらい相手に対して拒まざるをえない、女としてのたみの必死な気持が、長いセリフとなって現われている、特別で必然的なものといえます。

いっぽう、一行だけの三六二例のうちの三〇例は「――」という記号のみであり、それは言葉が発せられないという表示、つまり無言であることを考えれば、セリフが少ないという印象がより強まることになるでしょう。

無言を表わす「――」という表示は、小説にも広く認められるものですが、「―― (肩

をどやす)」、「――(判らない)」のように、小説ならば、当然、地の文に出現しそうな登場人物のしぐさや気持が、セリフ内にカッコで表示されることがあります。

また、「――」は用いないものの、セリフ相当のところに、「(絶句している)」、「(うなずく)」、「(首筋をかいている)」、「(靴をぬいでいる)」、「(うめく)」、「(礼)」などのように、実際には無言のままでの動作を示すことがあり、これらも普通なら、ト書きになるでしょう。

このような、セリフにト書きが入り混じっているケースは、無言以外でも見られます。「(低いがきつい声で)木のはなしはよせ」、「――(ショックだが、わざとつめたく)毎度のことだ。ほっとけ」、「――(静かに、しかし、はっきりと)門倉さん、それだけは勘弁して下さいな」、「(孫の口を封じるようにポツンと呟く)『夫婦相和シ』などのように、話し方を指定するものや、「(また思い出し笑いになってしまう)大砲がついていたら、あきらめるってさ。(略)」、「いただきます(茶をすすって)じゃあ、子供上げないんですか」、「そのはなしは(目くばせ)」などのように、セリフに伴う動作を指定するものもあります。

セリフの巧みさ

以上に示してきたことだけからでは、向田シナリオのセリフの簡潔さはうかがえても、そのごく自然な巧みさというのは分かりませんよね。

たとえば、日常的な会話のやりとりの中で、しばしば生じるのは言い間違いです。「あ・うん」の第一回にも、それが、いかにもありそうな感じで見られます。

「仙吉の家・茶の間」の場面で、門倉が持ち込んだラジオから「軍縮関係のニュース」が流れる中、みんなで鰻重を食べ始めようとする時の、仙吉から始まる、次のような会話のやりとりがあります。

仙吉「やっぱり、うなぎは軍縮だよ」
一同「え?」
仙吉「や、いや、うなぎは東京だよっていうつもりがさ」
門倉「うなぎは軍縮か――」
二人の男も女たちも大笑い。

初太郎もフンとかすかに失笑する。

門倉「似てないこともないぞ。いやあ、うなぎと軍縮会議だよ。あっちへヌラリ、こっちへヌラリ。（うなぎをつかまえるまね）そのスキにドイツのヒットラー総統なんかがガアッと――」

引っ越して来たばかりで、久しぶりに門倉と再会した仙吉の気持の高揚が思い掛けない言い間違いとなって現われ、それにツッコミを入れる門倉とのやりとりがその場の雰囲気を一気になごませる役割を果たしています。

もう一つ、相手の言葉に対する勘違いというのもよくあることです。「縁側」という場面で、門倉に縁切りされた愛人の禮子がたみに文句を付けに来たところで、次のような会話のやりとりがあります。

禮子「（略）門倉さん、奥さんのこと、とっても、大事に思ってるみたい」

たみ「（勘違いして）そりゃねえ、あの人が肺病になって、サナトリウム入ってたときの看護婦さんだった人ですもの。生きるのが嫌になってて、死んじゃおうかってときにはげましてくれた命の恩人――ごめんなさい。あなたにこんなこと言って――
あたし、気がきかないって、いつも主人に叱られてるのよ」
禮子「――門倉さんの奥さんじゃなくて――（指さす）」
たみ「あ、あたしのこと？」
禮子「――『水田の奥さん』ていうとき、違うんですよ。男の子が大事にしてるアメ玉、口の中で転がすみたいに言ってるわ」
「奥さん」が誰を指すのかに関する、たみの勘違いから、禮子の口をとおして、このドラマの中核を成す、たみに対する門倉の、秘められた深い思いが示されるように進んでいきます。「男の子が大事にしてるアメ玉、口の中で転がすみたい」という禮子の比喩もじつに秀逸です。

このように、どちらの間違いも、日常的な会話にありがちであることをふまえ、それが不自然にならないような形で、セリフがそれぞれの場面での重要なメッセージになっているのです。

ナレーション

先に確認した、ト書きの相対的な多さは、その中に、さと子のナレーションを含めたことも関わっています。「さと子の声」と表示され、それぞれの場面で交わされる登場人物同士の会話のやりとりとは別次元のものです。そのナレーションは八個所に見られ、全部で三〇行、ト書き全体の分量の一割以上を占めています。

このナレーションは、単に量的な問題としてだけではなく、質的にも二つの点で重要性をもちます。

一つは、セリフに入れると説明的で冗長になりがちな、背景的な事情を語らせるという点です。たとえば、最初に出て来るナレーション。

『仙吉は神田の或る秤屋の店に奉公している』これは、志賀直哉の『小僧の神様』の書き出しです。これを読んだ時、私は笑ってしまいました。父がこの小僧と同じ名前だからです。父の名前は水田仙吉。秤屋ではなく製薬会社に勤めていますけど、四国の松山出張所長から本社の課長に栄転になって、私たち一家は、五年ぶりで東京へ帰ってきたところです」

実際のドラマでは汽車内での家族の様子の映像を見せながら、ナレーションが父親の名前のユーモラスな紹介に始まり、家族の今の状況を簡潔に説明するものになっているのです。

もう一つは、ドラマ内の出来事に対する当事者以外の視点を示すという点です。たとえば、仙吉とたみが、子供が出来たら門倉に譲る譲らないで揉めているところを盗み聞きした後のナレーション。

「何かのはずみで今迄見えなかったものが、突然見えて来ることがあります。父と母と、その横にいつも立っていた門倉のおじさんの影が、月夜の影法師のように見えて来ました」

これは、まだ知らない大人の世界の出来事を垣間見た娘の視点からのコメントですが、同時に、それをとおしての、このドラマに対する書き手・向田の視点でもあります。

向田は、コラムニストの青木雨彦との対談の中で、次のように語っています（『お茶をどうぞ　向田邦子対談集』河出書房新社、二〇一九年）。

テレビのシナリオでは、地の文で表わしてはいけないということがいっぱいあるんです。たとえば、この主人公はこう思っているけれども、口でこう言っているというふうには書けない。

ここで向田の言う「地の文」とは、シナリオにおけるト書きのことでしょう。「地の文で表わしてはいけないということがいっぱいある」ということならば、向田は、主人公の思いを、登場人物の一人によるナレーションの形で第三者的に示そうとしたと考えられます。このような形での、ナレーションの重用も、「あ・うん」というドラマの特徴です。

登場人物ごとのセリフ

「あ・うん」におけるセリフ四〇〇例のうち、単独のセリフとして、登場人物別に分けると、もっとも多いのが仙吉で一一二回、次いで、たみが一〇八回と、ほぼ同じくらい、門倉が八三回と続き、この三人で全体の四分の三にもなります。以下、禮子が三〇回、さと子が二八回（ナレーションを除く）、君子が一四回、初太郎が一一回で、以上の六人で、セリフのほとんどを占めます。

このような結果は、「あ・うん」というドラマにおけるシノプシス（粗筋）と人物設定のありようを如実に示すものです。

小説版「あ・うん」

「あ・うん」の第一回分のシナリオにおけるセリフのありようを確認してきましたが、その特徴をよりはっきりさせるために、小説版と比較してみます。

「あ・うん」は、一九八〇年の『別冊文藝春秋』三月号と一九八一年の『オール讀物』の六月特別号に、向田自らの手によって、シナリオがノベライズされ発表されました。

「あ・うん」は、シナリオと小説で、全体の基本的な設定や展開に変わりありません。

それでも、シナリオと小説というジャンルの違いは、当然、それぞれに応じたセリフ（会話文）の位置付けの違いとなって現われています。

まず、「あ・うん」第一回「こま犬」のシナリオが四一の場面に分けられていたのに対し、小説は空白行によって九つの場面に分けられ、大幅に減少し整理されています。また、シナリオでは、セリフのない、つまり映像のみの場面が一一もあるのに対して、小説では、地の文のみという場面は一つも見られません。

シナリオのセリフ数は四〇〇例（行数では全体の五七・四％）でしたが、小説の会話文数は一五四例（行数では全体の三五・二％）で、小説になると、セリフ数（会話文数）が約四割程度まで削られたことになります。このことから、小説では、会話文よりも地の文が主流を成すことが明らかであり、シナリオでは、相対的にセリフ数が少ないとはいえ、それが中心にあることが分かります。

セリフの主体としての仙吉、たみ、門倉の三人に限って、その減り具合を見てみると、仙吉が一一二回から五六回（五六回減）、たみが一〇八回から三二回（七六回減）、修造が八三回から四二回（四一回減）であり、中ではたみのセリフの減り方が著しくなっています。

これには、「――」で示される無言が、仙吉の七回、修造の四回に対し、たみが一二回もあり、それが小説ではすべて省かれていることも関係しているでしょう。

セリフと会話文

ここで留意しておきたいのは、小説にも見られる会話文がすべてシナリオのセリフのまま生かされているわけではないという点です。一つのセリフが二つの会話文に分割されたり、逆に二つのセリフが一つの会話文に統合されたりする場合もあります。それだけではなく、シナリオにはなかったセリフが、新たに小説で会話文として五例も見られます。

一例を挙げてみましょう。冒頭近くで、門倉が水田一家の新居に用意した米を確かめるたみの様子を、シナリオでは「米をすくい上げる、たみ。さらさらと米をこぼす。遠い目になる。見ているさと子」のように、ト書きで示すだけなのですが、小説では、それを地の文で示したうえで、さと子が「お母さん、高松のお米と東京のお米は違うの」と声を掛ける会話文を加えています。

シナリオと小説の性格の違いを考えると、むしろ逆のほうがふさわしいように思われますが、じつは、小説では、この声掛けに気付かないでいるたみに対するさと子の捉え方(それは直接には、シナリオでは表現しえなかった)を、地の文で明確に示すための布石として、新たに書き加えたとみなされます。その地の文は次のとおりです。

米をすくい上げてはこぼしているたみの、目の下の盛り上ったところが、いつもよりふくらんでうす赤くなっている。急に笑ったり泣いたり、気持がたかぶったとき、母はこういう目になる。門倉のおじさんの心遣いが嬉しいのだとさと子は思った。もうひとつわけがあると気がついたのは、しばらくあとのことである。

シナリオにはなかった、たみの顔の表情が詳しく描かれ、それを「門倉のおじさんの心遣いが嬉しいのだとさと子は思った。」に結び付けているのです。シナリオの「遠い目になる」というト書きだけでは、そこまでを読み取るのは無理でしょう。

ナレーションの扱い

「あ・うん」のシナリオにおいて特異な位置にある、さと子のナレーションは、小説ではそのままの形では用いえません。実際、どうなっているかを確認すると、八例のナレーションのうち、一例はカットされ、六例が地の文に埋め込まれ、あと一例はさと子の思いとして地の文に残されています。ほとんどを占める、地の文へのナレーションの埋め込みは、その視点が、さと子を離れて、語り手に移ったことを物語るものであり、まさにシナリオが小説になったことを示すものです。

そのことを象徴的に示すのが、第一回最後の場面です。シナリオと小説、それぞれは次のように記されています。

〈シナリオ〉

さと子の声（ナレーション）

「おじいちゃんが呟いたのは教育勅語の一節です。『夫婦相和シ』たしかに、うちの父と母のことです。『朋友相信ジ』たしかに、父と門倉のおじさんのことです。でも、本当にそれだけなのでしょうか」

うす暗い電灯の下の二人の男と一人の女。（ト書き）

〈小説〉

不意にさと子は、教育勅語の一節を思い出した。

「夫婦相和シ」

「朋友相信ジ」

白い手袋をはめて、校長先生が奉読し、一同頭を垂れて聞いたが、父と母と門倉のおじさんの場合は、それだけではないのだ。

ふたつの言葉の奥に、暗いどきどきするような洞穴があるような気がしていた。


小説において、シナリオから改変されているのは、次の三点です。

第一に、教育勅語の一節が、シナリオでは初太郎が口にしたことになっているのに対して、小説ではさと子自身の経験を思い出したことになっている点です。

第二に、シナリオでは、最後のト書きの一文によって、仙吉と門倉とたみの三人の様子がクローズ・アップされるのに対して、小説では、さと子の思いで結ばれている点です。

そして第三に、シナリオでは、「でも、本当にそれだけなのでしょうか」のように、漠然とした問いが投げ掛けられているだけなのに対して、小説では、「暗いどきどきするような洞穴があるような気がしていた」のように、より踏み込んだ形になっている点です。

第一点と第二点は、映像を想定するシナリオと、言葉のみによる小説という、ジャンル媒体の違いに配慮した結果でしょう。第三点は、内面描写、主題提示のしかたという点において、見逃せません。

シナリオでは、向田はさと子のナレーションという方法によって、間接的にそれらを表現しようとしていたのを、小説では、語り手の視点から、さと子の内面として描写し、それによって主題に関わる内容を示すことが直接的に可能になったのです。

エッセイ『父の詫び状』の会話文

シナリオとエッセイ・小説

シナリオとエッセイ・小説の違いについて、あらためて考えてみましょう。文章として両者で決定的に異なる点が三つ、挙げられます。

第一に、シナリオはセリフも含めて演じられるためのものであり、本来それ自体が鑑賞や評価の対象になるものではないのに対して、エッセイや小説の文章はそれ自体が対象になるという点です。

シナリオは、プロデューサーや演出家、演者などにより、セリフもト書きの指示も変えられる場合があります（向田はそれをひどく嫌ったようですが）。エッセイや小説では書き手自身による修正を除いて、そういうことはありえません。

第二に、シナリオはセリフがメインであるのに対して、エッセイや小説では、基本的にストーリーを展開させる地の文がメインであり、会話文は描写のために引用される、サブの位置にあるという点です。

小説とくに最近のライト・ノベルでは挿絵付きで会話文中心の、マンガのようなものも見られるようになりましたけれど、ストーリーを展開させるのが地の文であるという原則に変わりはありません。

第三に、シナリオのセリフは、演者によって話される、つまり音声化されるものであるのに対して、エッセイや小説の会話文はあくまでも読まれるものであるという点です。

音声化される場合、同じセリフであっても、演者によってずいぶんと印象が異なってきます。向田は「当て書き」と言って、演者を決めてから、その人に合わせてセリフを考えたそうです。エッセイや小説の場合も、実際の会話に近いように再現されるとしても、シナリオのように、個別の誰が話すかまでが特定されるわけではなく、その意味では、ある程度、類型化・抽象化しているといえます。

エッセイと小説

それでは、エッセイと小説は、どういう点で違うでしょうか。

ここでは、あくまでも文学におけるジャンルとしてのエッセイと小説に限定してみると、次の二点が指摘できるでしょう。

第一に、エッセイは基本的に一人称視点で書かれるのに対して、小説はそれに限定されないという点です。しかも、エッセイの一人称は書き手自身と重ね合わせて受け取られるのが普通です。

ただし、近代日本における「私小説」には、たとえ三人称であっても、実質は一人称しかも書き手自身とみなされるものがあり、エッセイとの境界がきわめて曖昧になっています。

第二に、エッセイは事実（ノンフィクション）を、小説は虚構（フィクション）を描くものとされているという点です。

ここで言う「事実」とは、エッセイの素材として客観的に裏付けられるものとは限らず、

「虚構」も、小説がまったく非事実・非現実の世界であることを意味するわけではありません。要は、エッセイは事実として描くもの、小説は虚構として描くものという、一種のお約束があるということです。

エッセイと小説の会話文

以上のような、エッセイと小説の違いをふまえて、会話文がそれぞれにおいてどのような役割を果たすかを考えてみると、会話文が描写を具体化するという点では共通しています。

違うのは、エッセイでは必要に応じて、実際にそういう会話があったという事実を示すことになっているのに対して、小説の会話文は何らかの描写目的に即して、新たに創作されるという点です。

では、エッセイと小説のどちらに会話文が出現しやすいかとなると、一概には言えませんが、会話文のまったくないエッセイはありえても、小説でそれはきわめて考えにくいのではないでしょうか。文の分類としてある地の文と会話文というのも、もともとは物語・小説の文章に当てはめられたものです。

ただ、少々厄介なのは、心話文（心内文）という第三の分類がされる場合もあることです。これは音声化される一人の呟きから、外に表出されない、心の中で思うことまでが含まれ、カッコで示されることも示されないこともあり、その認定には困難が伴います。どちらにせよ、誰かとの直接的なコミュニケーションではありません。

『父の詫び状』の会話文

総論的なことはこのくらいにして、向田エッセイの具体例として、彼女の最初のエッセイ集『父の詫び状』を取り上げます。テキストは、文春文庫版（新装第二刷、二〇〇六年二月）を用います。

その文章の中で、会話文とみなすのは、改行されてカギカッコで示されたものに限ります。改行・カギカッコ付きでも、他の文章からの引用文や心話文は除きます。たとえば、

「隣りの神様」に出て来る、

　「少女老イ易ク喪服作リ難シ」

　　では詩にもならない。

は、引用文（捩ってありますが）ということで、

　「それ見たことか」

　　自分の中で威す気持もあって、いっそ取りやめにしようかと迷ったのだが〔略〕

は、心話文ということで、除くケースです。

　逆に、カギカッコ付きの会話文でも、改行されず地の文に埋め込まれているものも、それを目立たせる意図がないと判断し、対象にしません。たとえば、「父の詫び状」に出て来る、

　「お父さん。お客さまは何人ですか」

　いきなり「馬鹿」とどなられた。

において、「お父さん。お客さまは何人ですか」は取り上げるけれど、「馬鹿」は取り上げ

ないということです。

そのうえで、『父の詫び状』に、いったいどのくらい会話文が含まれていると思いますか。

『父の詫び状』の二四編全体の本文四一八五行のうち、会話文はたったの二九七行。全体の七・一%で、一割にもなりません。このような結果は意外でしょうか。それとも、会話文の印象はほとんどなく、予想どおりでしょうか。

全二四編の中で、会話文の比率が高いのは、「車中の皆様」(四〇行、一三・五%)、「お辞儀」(三四行、一八・三%)、「記念写真」(二三行、一三・三%)の三編くらいです。

しかし、「車中の皆様」はタクシー運転手の話、「お辞儀」は留守番電話の録音、「記念写真」は集合写真を撮るときの掛け声が多く出て来るせいであり、『父の詫び状』の中では、特異な作品といえます。

これらに対して、一桁の行数の会話文しか出て来ないのが半分近くの一一編にも及びます。もっとも少ないのは、エッセイ集最後に据えられた「卵とわたし」で、わずか四行、次の三つの会話文しかありません。

「わかるなあ。あたしにも覚えがあるわ」

「やっぱり小さいとこ（会社）の人間には、小さい卵を出すんだなあ」

「生卵にブランデーと砂糖をまぜて飲ませてごらん。臨終の人間は、これを飲むと何時間か保つというから、猫にも効くだろう」

どれも、向田家の家族以外の会話であり、卵に関する、それぞれ異なるエピソードの中にばらばらに出て来るだけであり、とくに重い意味があるとは思えません。

異色の会話文

『父の詫び状』に見られる会話文の中で、異色と思われるものを三つ挙げておきます。

一つめは、「お八つの時間」に出て来る「お前はボールとウエハスで大きくなったんだよ」という会話文です。

なぜ異色かといえば、これだけがエッセイの冒頭に位置するからです。文章の冒頭と末尾は文章全体の中で特別な意味をもちますが、『父の詫び状』の二四編の中で、冒頭か末尾に会話文が据えられているのは、この「お八つの時間」のみです。しかも、いきなり登場する「ボール」や「ウエハス」が何なのか分かりませんから、否応なく文章に引き込まれるよう仕組まれているわけです。

二つめは、「隣りの匂い」に出て来る、次のような会話文です。

些細なことから父といい争い、

「出てゆけ」「出てゆきます」

ということになったのである。

地の文から改行された一行に、父親と私の二つの会話文が示されています。これは、二人の間髪を入れないやりとりであったことを示そうとしたのでしょう。

三つめは、実際には話されていない会話文で、二例あります。

一つは「身体髪膚」で、父親が夢の中で話したことを後で私が母親から聞いたという、

「この子は病み上がりだから、代りに走らせてもらいたい」

もう一つは「昔カレー」で、皇后陛下の声が「井戸端会議のほうが似合いそう」と思ったことに関して、「七年前に死んだ父」の反応を想像した、

「井戸端会議とは何というういい草だ。いかに世の中が変ったからといって、いっていい冗談と悪い冗談がある。そんな了見だからお前は幾つになっても嫁の貰い手がないんだ。メシなんか食うな！」

です。どちらも、会話文として、父親の言葉が取り立てられています。

発話の分量

全体で二九七行を占める会話文ですが、一つの会話文として示される一人の会話（＝発話）自体の数は二七二回です。この数値の関係からすぐに想像できるように、シナリオ同様、一行だけの会話文が二五〇回と、ほとんどが短いものです。そのうち、呼び掛け語や挨拶語など、一語（一文節）のみの会話文が二七回も含まれます。二行以上の会話文でも、二行が一八回で、三行が三回、もっとも長くて四行で一回しかありません。

その四行に及ぶ会話文は、次に示す、「魚の目は泪」に出て来る、猿の肉のすき焼きを家族で食べる場面にあります。

「猿に弾丸が当ると、赤い顔からスーと血の気が引いて、見る見る白い色になる。それでも、猿はしっかりと指で枝につかまっている。遂に耐え切れなくなってバタンと下に落ちてくる。それからゆっくりと目をつぶるんだそうだ。相当年季の入った猟師でも猿を撃つのは嫌なもんだといっていたよ」

これは父親の発話ですが、「父は話し上手な人であった」とありますから、その話し上手のさまを示すために、長々と引用したのでしょう。

話し手ごとの発話数

二七三回の発話のうち、誰が何回かを見ると、もっとも多いのが父親で六一回、次が私の四〇回、以下、母親が三四回、祖母が一七回となっています。これに兄弟の発話を含めると、計一五九回になり、全体の約六割を占めます。

『父の詫び状』は向田家の思い出話を中心にしたエッセイ集ということになっていますから、このくらいは当然かもしれませんが、家族以外の発話が約四割もあるというのは、エッセイの話題が必ずしも家族内に偏っているわけではないことを示しています。

とはいえ、父親がトップで発話全体の四分の一近くに及び、全二四編のうち二〇編で父親の発話が引用されているのは、家族の中でもとくに父親の言動に焦点が置かれていることを端的に示しています。

さらに、父親の六一回の発話のうち三二回（留守電の三回を含む）、つまり半分以上が私に向かってのものなのです（ちなみに、次に多いのが母親に向かっての九回）。私＝書き手なのですから、書き記すエピソードとしての印象の残り方が違うということでしょう。

第三位の母親も同様で、三四回のうち家族に向けてが三三回、その約半分の一六回が私に対して（留守電の二回を含む）、一七回の祖母の発話も九回は私に向けてのものです。

これらに対して、第二位の私の発話は一六編に見られますが、家族を相手に話すのは七回だけで、残りの三三回は家族以外が相手になっています。

父親の発話

六一回も出て来る父親の発話における表現として、特徴的なのは次の三点です。

第一に、命令あるいは禁止の表現が三一例もあることです。全体のほぼ半分ですから、父親が家族に対して、いかに強圧的であったかがうかがえます。しかも、大方は、

「もういいから寝かせてやれ」（子供たちの夜）

「そうか。そんなら食わせるな」（子供たちの夜）

「掃除なんかよせ。お前も寝ろ」（ごはん）

などのように、ぶっきらぼうな表現になっています。ただし、中には、

「女の履物はキチンとくっつけて揃えなさい。〔略〕」（父の詫び状）

「さあお上り」（子供たちの夜）

「早く見せてやりなさい」（隣りの神様）

「生水を飲まないように」（海苔巻きの端っこ）

などのような表現も、酔って優しいときや訓示を垂れるときに少し見られます。

第二に、会話文の文末に「！」（感嘆符）が一四回も用いられていることです。これは驚きを示すのではなく、強い口調を示すためでしょう。たとえば、

「〔略〕そんなに大事なものならこんどからはいて泳げ！」（細長い海）

「かまわないから土足で上れ！」（ごはん）

「ヘンな時に息をするな！」（お八つの時間）

「そんな罰当りなことをいう奴にはメシを食わせるな！」（昔カレー）

などのように、第一点で指摘した命令・禁止表現とセットで用いられることが多いのですが、中には、

「大変だ！　和子の目がやられたぞ！」（身体髪膚）

「バンザイ！　バンザイ！」（お軽勘平）

というのも見られます。
第三には、「馬鹿」という言葉が次のように、六回も出て来ることです。

「男のくせに何がおかしい。馬鹿！」（記念写真）
「馬鹿！」（細長い海）
「二人とも馬鹿だぞ。保雄は男じゃないか。どうしてお姉ちゃんに貸してやらない。お前は男のクズだ」（細長い海）
「邦子も馬鹿だ。〔略〕」（細長い海）
「お前は全く馬鹿だ」（隣りの神様）
「馬鹿！　そんなもの捨ててしまえ」（ごはん）

感嘆符付きの三回を含め、どれも家族を罵倒するときに発せられる言葉です。それが六回というのは大した数ではないと思われるかもしれませんが、『父の詫び状』の会話文でこの「馬鹿」が出て来るのは父親だけなのです。

以上のような会話文の特徴からは、おそらくは実際以上に、父親像を旧時代的な家族の中の権力者として造形しようとした向田の意図がはっきりと読み取れます。

ちなみに、父親が家族以外に命令表現を使っているのは、次のたった一回、しかも軍需工場の軍用犬に対してだけです。

「うるさい。黙れ！」

（父の詫び状）

会話のやりとり

会話は普通、誰かと誰かの会話のやりとりによって成り立ちます。それを学術的には「応答ペア」と呼んでいます。ただし、どちらも言葉を発するとは限りません。相手の言葉に黙ってうなずくこともありますし、無視することさえあるでしょう。応答ペアというのはあくまでも、両者の言葉同士の関係について言います。

実際には会話のやりとりとして応答ペアがあったとしても、エッセイに書く場合、その両方が会話文として示されるわけではありません。応じる側の言葉が記されない場合もありますし、地の文の中に取り込まれる場合もあります。

『父の詫び状』における二七三回の発話の中で、応答ペアが会話文として明示されているのは六八回、全体の約四分の一しかありません。残りの四分の三つまり大方は、どちらか一方の発話だけが会話文として示されていることになります。

応答ペアが明示されるのは、会話のやりとりそのものが表現に値するとみなされたからでしょう。それがもっとも著しいのが、先に会話文の分量比率がもっとも高いということで挙げた「車中の皆様」というエッセイで、三五回の発話のうちの、じつに三〇回が応答ペアになっています。私とタクシーの運転手の会話のやりとりがこの作品の眼目になっているからです。

その示され方は、

「これから帰ってなにすンの」

純朴な声が親身に心配してくれる。

「そうねえ。こういう時、男なら、行きつけのバーでいっぱいやって帰れるけど、女は不便ねえ。シャワー浴びて、ビールでも飲んで寝るわ」

のように、間に地の文をはさむ場合もあれば、

「いいのかね」

「いいわよ、どうぞ」

や、

「お客さん、本当に真に受けても、いいのかね」

「大袈裟にいわないで下さいよ。こっちが恥ずかしいわ」

のように、そのまま会話のやりとりだけが示されることもあります。

ここでのやりとりは、私が運転手に、料金と間違えてアパートの鍵を渡してしまったことによるもので、二人のやりとりのちぐはぐさ自体が読みどころとなっています。

家族間の会話のやりとり

六八回の応答ペアのうちの二二回、全体の約三分の一が家族間のものです。ということは、家族の会話は全部で一五九回でしたから、九割近くは単独の会話文として見られるということです。

家族の中で応答ペアとして出て来るのがもっとも多いのが、父親と私の七回、次が父親と母親の六回、祖母と母親の五回、そして、母と私、祖母と私がともに二回です。話し手としては私、父親、母親、祖母という順になり、妹や弟はまったく現われません。
それぞれの関係で、どのような会話のやりとりになっているのか、一つずつ例を挙げてみます。

〔父親と私〕
「お父さん。お客様は何人ですか」
「お前は何のために靴を揃えているんだ。片足のお客さまがいると思っているのか」

（父の詫び状）

〔父親と母親〕
「お父さん、邦子を幾つだと思っているんですか。まだ子供でしょ」
「子供でも女の子は女の子だ！」

（薩摩揚）

〔祖母と母親〕
「お父さん、自分のことといってるよ」

「聞えますよ、おばあちゃん」　　（隣りの匂い）

〔母親と私〕

「お母さん、なんでそんなものを持ってきたの」

「出掛けに気がついたんだけど、爪切り探すのも気ぜわしいと思って」　　（お辞儀）

〔祖母と私〕

「浦島太郎は、白髪のおばあさんになってしまいましたとさ」

「おばあさんでなくて、おじいさんでしょ」　　（あだ桜）

これらの会話のやりとりに共通する点があることに気付いたでしょうか。

それは、どれも日常的な会話のやりとりでありながらも、円満かつ穏やかに展開する、雑談のようなやりとりではないという点です。

〔父親と私〕の例では、私の質問に対して父親がそれが愚かな質問であることを叱責するものであり、〔父親と母親〕の例は、相撲大会を見て来た私をぶった父親に対して母親が抗議し、それに父親が理屈にならない反論をするものであり、〔母親と私〕の例は、飛行機に乗るのに裁ちばさみを持って来た母親を私が叱り、それに母親が言い訳するものです。

〔祖母と母親〕の例は、子供に対する父親の訓示に対して、祖母と母親がこっそり陰口を言うものであり、〔祖母と私〕の例は、祖母の言い間違いを、私がただすものです。

これらは当たり前の会話ではなく、また単独の会話ではなく、やりとりとして、向田の記憶に強く残っていたからこそ、そのように再現されたと考えられます。そして、それをとおして、家族それぞれの人となりや、家族相互の人間関係を浮かび上がらせているといえます。

『父の詫び状』における会話文の役割

冒頭に示したように、『父の詫び状』というエッセイ集の文章には、会話文が一割にも満たない程度しか見られませんでした。量的に考えれば、会話文の重要度は総じて低いといえるでしょう。少なくとも、会話文を中心とした展開のエッセイにはなっていません

（「車中の皆様」だけは例外的ですが）。これはエッセイ一般にも当てはまることです。

とはいうものの、『父の詫び状』には、会話文がまったく出て来ないエッセイもなく、それぞれの作品においてそれなりの位置を占めているのも事実です。では、その位置において、会話文がどのような役割を果たしているといえるでしょうか。それを考える前に、エッセイとして確認し直しておきたいことがあります。

それは、エッセイが書き手自身を一人称として、体験した事実をもとに書かれるものとされている点です。あくまでも「されている」のであって、事実どおりではなく、脚色されることも、記憶によって歪むことも、もちろんありえます。エッセイはドキュメント（記録）ではなく、むしろ記憶された事実をとおして、書き手のその時点における思いなり気持なりを示すことが主であるといえます。

『父の詫び状』は、敗戦までの向田家の出来事を中心的な対象として書かれたエッセイであり、向田の類いまれな記憶力によって、その様子が見事なまでにリアルに再現描写されています。会話文もその再現描写の一つとしてありますが、量的にはそれほど重きが置かれていません。しかし、だからこそ取り上げられた数少ない会話文は、向田の記憶に強く残るものであり、自らのエッセイには欠かせない要素と判断されたということです。

その最たるものが、父親の発話です。向田の父親像は、その容姿や家族に対する振る舞いなどではなく、何よりもほとんどが暴力的ともいえる、父親が発する言葉によってこそ描き出されたのでした。しかし、それだけならば単に横暴な父親像で終わりますが、そういう言葉、そういう言い方しかできなかったとみなし、許そうとして、父親の生い立ちや会社での立場を、会話文ではなく地の文において、繰り返し説明しています。

ただ、みなしきれないところもあったのは確かなようで、「鼻筋紳士録」には、「母や、母の実家をそしる時、鼻の形を口にすること」とあり、「私は、父のこういうところが大嫌いだった」と明言しています。向田自身も鼻にコンプレックスがあったのに、父親が次のように言ったことが記されています。

「邦子は鼻があぐらをかいているのだから、坐るときぐらいキチンと坐れ」

「目を大事にしろ。お前の鼻はめがねのずり落ちる鼻なんだから」

散々いっておいて、私がしょげると、

「鼻がなんだ。人間は中身と気だてだ」

というのだが、子供心に随分と傷ついた覚えがある。

他人事なら、これらの会話文からは父親のユーモラスな発想が読み取れそうです。のみならず、向田は父親の暴力的な言葉だけでなく、話し上手でもあることを示す会話文や、酔って帰った後、子供たちに対する優しい言葉遣いの会話文も見られるのでした。

要は、会話文をとおして、戦前の日本のステレオタイプの父親像にのみ回収されるのではない、父親の人間としてのありようの多面性をきちんと描いているということです。他の人物描写も含めて、『父の詫び状』における会話文には、そういう役割があったといえるでしょう。

小説『思い出トランプ』の会話文

『思い出トランプ』という作品

さて、いよいよ本命の『思い出トランプ』に入りましょう。

『思い出トランプ』は月刊文芸誌『小説新潮』に一九八〇年二月号から一九八一年二月号にかけて連載された短編小説集であり、『父の詫び状』とは違って、「思い出トランプ」というタイトルは連載の総称として当初から付けられていました。

連載途中に、既発表の「花の名前」「かわうそ」「犬小屋」の三作で、一九八〇年後期の直木賞に選ばれ、同年一二月、連載終了前に単行本として出版されました。

一三編の短編小説から成り、連載時とは順番を変え、「かわうそ」を筆頭にして、「だらだら坂」「はめ殺し窓」「三枚肉」「マンハッタン」「犬小屋」「男眉」「大根の月」「りんごの皮」「酸っぱい家族」「耳」（「綿ごみ」から変更）「花の名前」と続き、最後はタイトルの

「トランプ」にちなんで、そのゲームの一つを表わす「ダウト」で締めくくられています。
各作品の本文の分量は、連載だったこともあり、二〇一行（りんごの皮）から二六五行（三枚肉）の範囲に収まり、ほぼ一定しています。

会話文の分量比率

『父の詫び状』の場合同様、まずは『思い出トランプ』における本文全体の中での会話文の分量を確かめておくことにします。テキストには、新潮文庫版（第一七刷、一九八三年五月）を用います。

小説本文が全体で実質二九七二行あり、そのうち会話文が三一八行で、一〇・七％、ほぼ一割です。『父の詫び状』が約七％でしたから、会話文比率は、小説のほうがやや高めですが、シナリオにおけるセリフが約六割なのに比べれば、似たような少なさです。これは、シナリオとは画然と異なるものの、エッセイとはそれほど違わないスタンスだったことを示しているといえるでしょう。

あえて両者の違いを指摘するとすれば、振れ幅の違いです。『父の詫び状』では各作品の会話文の比率が三・四％から二三・五％まで、二〇％ほどの幅がありましたが、『思い出トランプ』では六・一％から一七・四％までで、差が一一％ほどしかありません。つまり、小説のほうがエッセイよりも安定した比率であり、「車中の皆様」というエッセイのような、会話文の突出した作品は見られないということです。

もっとも比率が高いのは「三枚肉」（四六行、一七・四％）、以下「花の名前」（四〇行、一六・九％）、「大根の月」（三七行、一六・八％）、「ダウト」（三〇行、一二・二％）、「かわうそ」（二四行、一〇・六％）と続き、これら五作品が一〇％を超えています。

いっぽう、もっとも比率が低いのは「酸っぱい家族」（一四行、六・一％）であり、「りんごの皮」（一三行、六・五％）、「だらだら坂」（一五行、六・九％）、「犬小屋」（一六行、七・三％）、「耳」（一六行、七・六％）のように、六〜七％台が五作品あります。

そして、これらの中間に位置するのが、「男眉」（二二行、九・九％）、「マンハッタン」（二四行、九・七％）、「はめ殺し窓」（二一行、九・〇％）の三作品です。

発話の分量

全三一八行の会話文において、発話自体の数は二九六回であり、そのうち一行だけの発話が二七七回と、ほとんどを占めています。中でも、「だらだら坂」「マンハッタン」「りんごの皮」の三作品は会話文全体の分量も少なめですが、すべて一回一行の発話で成り立っています。この点は、シナリオともエッセイとも共通しています。

二行以上でも、三行が一回、四行が一回で、他はすべて二行です。三行と四行になる長い会話文を挙げてみましょう。

「お風呂から上ると、おばあちゃんが、新しい糸で結び直してくれるの。本当はもっときつく結ばなくてはいけないんだけど、そうすると、あたしが痛がって可哀そうだから、お父さんが、もっとそっと結びなさいっていうの。だから、イボはなかなか取れないの」　（耳）

「子供がはしゃいでいるときや愚図っているときは、あたしは絶対に庖丁使ったり天ぷら揚げたりしなかったわね。だから見てごらんなさいよ。出来合いのおかずばっかりだとか、すぐ店屋もの取るとか悪口いわれたって、こうやって、三十いくつまで傷ひとつ、火傷ひとつなく大きく出来たのよ」（大根の月）

注意したいのは、どちらも視点人物の会話ではないという点です。「耳」のほうは、視点人物が幼い頃、隣に住んでいた女の子、「大根の月」のほうは、視点人物の姑で、あくまでも脇役です。ただし、これらの長い発話は、ストーリー展開の中で、視点人物の心理に強く影響を与える作用をしています。

会話文の位置

各作品の中で、会話文がどこに位置しているか、とくに冒頭と末尾の部分に注目してみると、文字どおりの冒頭あるいは末尾の一文として会話文が出て来ることは一度もありません。その意味で、構成上は、とくに会話文を特別扱いしなかったといえます。

それぞれにもっとも近いのは、冒頭のほうでは、「花の名前」の、

残り布でつくった小布団を電話機の下に敷いたとき、

「なんだ、これは」

と言ったのは、夫の松男である。

「おれは座布団なしで育ったんだぞ」

があり、末尾のほうでは、「マンハッタン」の、
死んだ母親がよく言っていた。

「お前のすることはお父さんそっくりだよ」

ノックはまだ続いている。

があります。

会話文の分布

『思い出トランプ』の各編は、『父の詫び状』にならったのか、数字あるいは小見出しによって各パートに分けるのではなく、一行の空白によって、前後のパートを分けています。

もっともパート数の多いのが「酸っぱい家族」と「ダウト」の八つ、以下、「だらだら坂」「三枚肉」「大根の月」「耳」の七つ、「かわうそ」「マンハッタン」「犬小屋」の六つ、「りんごの皮」「男眉」「花の名前」の五つ、もっとも少ないのが「はめ殺し窓」の四つです。

このパート数を合計すると八〇パートになりますが、会話文が出て来ないのは一三パート、全体の二割以下です。つまり『思い出トランプ』の全パートの八割以上に会話文が見られるということです。作品内のすべてのパートに会話文が見られるのは、「かわうそ」「はめ殺し窓」「マンハッタン」「耳」「花の名前」「ダウト」の六作品でもっとも多く、一パートに会話文がないのが「三枚肉」「大根の月」の二作品、二パートに会話文がないのが「だらだら坂」「犬小屋」「男眉」「りんごの皮」の四作品、そして八パートのうち三つものパートに会話文がないのが「酸っぱい家族」です。

この中で、冒頭のパートに会話文が見られないのが五作品（三枚肉・犬小屋・男眉・大根の月・酸っぱい家族）、末尾のパートに見られないのも五作品（だらだら坂・犬小屋・男眉・

りんごの皮・酸っぱい家族）あって、「犬小屋」「男眉」「酸っぱい家族」の三作品は冒頭と末尾のどちらのパートにも会話文が出て来ません。

各パートにも当然ながら、冒頭と末尾があります。作品全体の冒頭と末尾を除いて、各パートの、冒頭あるいは末尾の位置に会話文が見られるのは、「はめ殺し窓」「三枚肉」「マンハッタン」「犬小屋」「大根の月」「耳」「ダウト」の七作品であり、このうち「三枚肉」には唯一、前パートの末尾と次パートの冒頭に連続して出て来ます。

それは、第四パートの末尾に、

半沢がそのことを言うと、多門は小さくうなずいて、

「おれ、お前のおかげで命拾いしたからさ」

ぽつりとこう言った。

とあり、次の第五パートの冒頭に、

「にっちもさっちもゆかなくなって、面倒くさいから死んじまうか、と思ったことがあったんだ」

とあって、この発話の間には多少のポーズがあったことを示そうとしたからかもしれませんが、同一場面における同一人物の一続きの発話を、あえて二つのパートに切り分けるという、異例な措置になっています。

視点人物とおもな登場人物

登場人物が「私」の家族を中心にしている『父の詫び状』とは違って、『思い出トランプ』は作品ごとに異なります。また、『父の詫び状』の場合はどのエッセイも、「私」という一人称視点から書かれていますが、『思い出トランプ』の場合は、各作品の主たる登場人物のうちの一人を視点人物とした三人称で記されています。以下、作品配列順に、視点人物とおもな登場人物を一覧にして確認しておきましょう。

「かわうそ」：宅次（視点人物）／妻の厚子
「だらだら坂」：庄治（視点人物）／愛人のトミ子
「はめ殺し窓」：江口（視点人物）／母親のタカ、妻の美津子、娘の律子

「三枚肉」：半沢（視点人物）／妻の幹子、元秘書の波津子、友人の多門
「マンハッタン」：睦男（視点人物）／妻の杉子、スナックのママ
「犬小屋」：達子（視点人物）／魚屋のカッちゃん
「男眉」：麻（視点人物）／夫
「大根の月」：英子（視点人物）／夫の秀一、姑
「りんごの皮」：時子（視点人物）／弟の菊男
「酸っぱい家族」：九鬼本（視点人物）／妻、仕事相手の陣内
「耳」：楠（視点人物）／妻、娘、弟の真二郎、女の子
「花の名前」：常子（視点人物）／夫の松男、夫の元愛人のつわ子
「ダウト」：塩沢（視点人物）／妻、従兄弟の乃武夫
以上の一覧から分かることを、二つ示します。
一つは、視点人物が男性と女性に二分されるということです。
じつは、連載初出では、女性視点の作品である「りんごの皮」「男眉」「花の名前」「犬

小屋」「大根の月」の五作品が、「りんごの皮」を第一回として続けて発表され、それ以降の七作品がすべて男性視点になっていたのでした（唯一の例外は「花の名前」の後に男性視点の「かわうそ」が入ることです）。つまり、連載の途中で、視点が女性から男性に切り替わったということです。それが単行本化にあたって、前半は男性視点の作品中心、後半に女性視点の五作品のうちの四作品（犬小屋・男眉・大根の月・りんごの皮）が固まって並ぶという配列に変えられました。

もう一つは、おもな登場人物がせいぜい二、三人に限られているということです。四〇〇字詰め原稿用紙で二〇〜二五枚程度の短編ですから、登場人物をある程度しぼらざるをえないという事情もあってのことでしょうが、夫婦を中心とした、特定の人間関係の機微を描こうとしたからと考えられます。

登場人物ごとの発話

各作品の、視点人物と、それ以外のおもな登場人物が何回発話しているかを示すと、次のようになります（視点人物より発話数が多い人物は四角で囲みます）。
「かわうそ」全体：二二（宅次：五／厚子：一一〔七二・七％〕）
「だらだら坂」全体：一五（庄治：八／トミ子：三〔七三・三％〕）
「はめ殺し窓」全体：二〇（江口：六／美津子：六、律子：五、タカ：三〔一〇〇％〕）
「三枚肉」全体：四一（半沢：六／波津子：一一、幹子：九、多門：一三〔九五・一％〕）
「マンハッタン」全体：二四（睦男：五／杉子：四、スナックのママ：二〔＊四五・八％〕）
「犬小屋」全体：一五（達子：三／カッちゃん：六〔六〇・〇％〕）
「男眉」全体：二〇（麻：三／夫：八〔五五・〇％〕）
「大根の月」全体：三三（英子：七／秀一：一二、姑：八〔八一・八％〕）
「りんごの皮」全体：一三（時子：一／菊男：五〔＊四六・二％〕）
「酸っぱい家族」全体：一三（九鬼本：三／妻：五、陣内：三〔八四・六％〕）
「耳」全体：一三（楠：二／真二郎・妻・娘：各二、女の子：三〔八四・六％〕）
「花の名前」全体：三七（常子：一一／松男：一五、つわ子：五〔八三・八％〕）

「ダウト」全体：二一九（塩沢：一一／妻：九、乃武夫：三〔七九・三％〕）

この一覧からうかがえることは、次の三点です。

第一に、視点人物を含む、おもな登場人物には必ず発話があるという点です。

「おもな」登場人物とみなせるのは、その人物描写に、数に差はあるものの、発話が多い場合はもとより、少なければ少ないということ自体に意味がある発話が伴っているからです。

第二に、各作品の発話の大方は視点人物を含めたおもな登場人物によるものであるという点です。

各作品の末尾に〔　〕で示した比率がそれを示していますが、もっとも際立つのは「はめ殺し窓」と「三枚肉」の二作品で、発話のすべてあるいはほとんどがおもな登場人物によって成り立っていて、どちらも作品展開において重要な役割を担っています。

対するに、それが半分にも達していないのが、＊で表示した「マンハッタン」と「りんごの皮」の二作品です。

「マンハッタン」では、他に、スナックのママの愛人らしき八田、職人、睦男の母親、老人などの発話も出て来ますが、いちばんの特色は、「「マンハッタン」「マンハッタン」」という、タイトルにもなっている語の繰り返しが七回も出て来る点です。じつは、これらは実際に誰かから発せられたものではなく、睦男にだけ聞こえる内なる音声ですから、これを発話に含めるのは問題かもしれません。この点については、後にこの作品を取り上げる際に触れます。

「りんごの皮」は発話数自体が少ないのですが、他に時子の愛人である野田、菊男の妻の益代、デパートの店員、家に押し掛けた男たち、などさまざまであり、とくに目立った特徴は見られません。

第三に、一三編のうち、じつに九編で、視点人物以外の人物の発話のほうが多い点です。残りの四編（だらだら坂・はめ殺し窓・マンハッタン・ダウト）でも、視点人物と他の登場人物で発話数に大差があるのは、「だらだら坂」だけであり、他はほとんど差がありません。「だらだら坂」の場合、会話相手のトミ子が、他の作品には見られない人物設定になっているせいでしょう。

このような全体的な傾向は、視点人物がもっぱら見る側、聞く側に立っていることからです。これは必ずしも視点人物の性格が内向的で受け身であることを意味しません。視点人物という立場の、まさにしからしむるところであり、自分が何を言ったかよりも、相手から何を言われたか、それをどう受け止めたかのほうに重点が置かれているということです。

会話のやりとり

『父の詫び状』における二七三回の発話の中で、会話のやりとり、つまり応答ペアとして明示されているのは六八回、全体の約四分の一ほどでしたが、『思い出トランプ』ではどうなっているでしょうか。

二九六回の発話のうち、応答ペアと認められるのは九二回、全体の約三割、『父の詫び状』よりはやや多いくらいです。そのうちの約八割の七三回がおもな登場人物同士の会話のやりとりになっています。

各作品で、発話数における応答ペアの比率が群を抜いて高いのは、「男眉」と「ダウト」の二作品で、ともに二桁あり、六割を超えています。逆に比率が極端に低いのが「だらだら坂」と「犬小屋」の二作品で、どちらも発話が二回、つまり一組の応答ペアしか見られません。

応答ペアとなる発話のうち、おもな登場人物同士の会話だけで成り立っているのが、八作品（ダウト・酸っぱい家族・花の名前・りんごの皮・耳・はめ殺し窓・三枚肉・だらだら坂）あります。これらの作品では、そのすべてに視点人物が関わっていますが、一人だけが相手なのは、「酸っぱい家族」の九鬼本と女房（五回）、「りんごの皮」の時子と菊男（四回）、「耳」の楠と娘（四回）、「だらだら坂」の庄治とトミ子（二回）の四作品です。

異色なのは「犬小屋」で、唯一の応答ペアとして出て来るのが、おもな登場人物の達子でもカッちゃんでもなく、達子の両親の会話のやりとりということです。これに準じるのが「マンハッタン」で、睦男とママとの間では一組の応答ペアしかなく、睦男と職人、睦男と元上司、ママと八田も同じで、差がありません。

『思い出トランプ』各作品の顕著性

各作品における会話文の役割については、個別に詳しく述べることにして、その前に、これまで指摘してきたことの要点を表の形にまとめると、次のようになります。

	A	B	C	D	E	印
か			○		△	2
だ	△	△			△	3
は			○	○		2
三	○			○		2
マ		△	○	△	△	4
犬			△	△	△	3
男			△		○	2
大	○	○			△	3
り	△	△		△		3
酸	△		△			2
耳		○	○			2
花	○		○			2
ダ			○		○	2

作品名は頭文字で示し、A：会話文の比率、B：発話の量、C：会話文の位置・分布、D：話し手、E：会話のやりとりの五つの項目のそれぞれにおいて、顕著性がプラス方向で認められる作品には「○」、マイナス方向で認められる作品には「△」で表示しました。

この表から、プラスであれマイナスであれ、その会話文に顕著性がもっとも多く見られるのは四つがマークされた「マンハッタン」であり、準じてマーク三つの「だらだら坂」「犬小屋」「大根の月」「りんごの皮」の四作品の異色性が強いといえます。

それ以外の八作品も、二つはマークされていて、会話文として無印の、つまりはまったく偏差のないものは見当たりません。

『思い出トランプ』における会話文の位置付け

最後に、『思い出トランプ』全体における会話文の位置付けをおさえておくことにしましょう。三つほど挙げておきます。

まずは、量です。会話文も発話も『父の詫び状』よりは多少多い程度で、エッセイではなく小説だから意識的に多用した形跡は認められません。これは地の文を主体とする小説のスタンダードに従ったということであり、シナリオとは違って、ストーリー展開はあくまでも地の文が担い、会話文は各人物の描写のための、あくまでも必要の限りにおいて用いられたということでしょう。作品による会話文の分量比率がほぼ一定であるのも、作品の冒頭や末尾に会話文がまったく出て来ないのも、そういう位置付けによるものと考えられます。

次に、話し手です。会話の主体になるほとんどが視点人物を含むおもな登場人物であるのは、作品世界の設定上、当然としても、注目したいのは、視点人物以外の登場人物の発話のほうが多いという点です。これは、視点人物を設定した三人称小説だからこそでしょうが、「私」という一人称によるエッセイとは決定的に異なる点であり、向田は小説を書くにあたって、その方法を選んだということです。なぜそれを選んだかについては、先に取り上げた、「あ・うん」におけるシナリオと小説の違い、とくにセリフ（会話文）の位置付けの違いに関わるでしょう。

最後に、会話のやりとりです。応答ペア表現の少なさは、『父の詫び状』とも共通する点ですが、それは単独の発話のほうが描写表現として利用しやすく、また話し手の印象としても残りやすいからでしょう。それに対して、会話のやりとりとして示すのは、話し手それぞれのありようよりも、その人間関係のありようを浮かび上がらせるためと考えられます。しかし、それは地の文で説明するよりはるかに困難です。

それでも、エッセイの場合は、記憶の事実という担保がありますからまだマシですが、小説の場合は、設定上必要な人間関係のために新たに会話のやりとりを作り出さなければなりません。応答ペア表現の少なさには、そういう要因もからんでいるのではないでしょうか。しかしだからこそ、その数少ない会話のやりとりには、あっさりと読み飛ばすことのできない、書き手の強い表現意図が込められていると想定されるのです。

以下では、『思い出トランプ』の各作品を順番に取り上げて、量としてだけでなく、質としても、会話文がそれぞれどのような役割を果たしているか、具体的に実例を引用しながら、説明していきましょう。

かわうそ

『思い出トランプ』の冒頭を飾る「かわうそ」において、宅次と厚子の夫婦関係のありようを象徴する、会話のやりとりが見られる場面を二つ取り上げてみます。

一つめは、冒頭のパートの中ほどの、宅次と厚子の次のような会話のやりとりです。その前後を含めて引いてみます。


指先に挟んだ煙草が落ちたのは、そのときである。

風かな、と思った。

ふっと風にもってゆかれた、そんな感じだった。

「風があるのかな」

宅次は呟いた。

「風なんかないでしょ。風があれば、洗濯もの、乾いてますよ」

厚子は縁側に出てくると、自分の人さし指をペロリと嘗め、蠟燭を立てるように立てて見せた。

「風なんかありませんよ」

この二人の会話のやりとりには、前段階があります。すぐに庭をつぶしてマンションを建てるか否かで、二人は言い争いをしていたのです。直前には、建てる側の厚子が「この日は妙にしつこかった。宅次もいつになく尖った声で、「マンションなんか建てたら、おれは働かないよ」と言い返した」とあります。

この「いつになく尖った声」になってしまった興奮状態が脳卒中の発作を引き起こす最初の「前触れ」となったことに、宅次本人はまだ気付いていません。それでつい口に出た呟きが「風があるのかな」でした。

呟きですから、直接、厚子に答えを求めたわけではないのに、近くにいた厚子には聞こえたのでしょう、すぐさま「風なんかないでしょ」という否定の返事をするのでした。

このようなやりとりだけを見るなら、長年一緒に暮らしてきた夫婦の間では、ごく普通であって、とくに問題にすることもなさそうです。しかし、嘗めた指先をかざして、実際に風の有無を確かめ、「風なんかありませんよ」とダメ出しまでするとなると、どうでしょうか。ちょっとしつこくありませんか。

この時は、厚子にも、宅次同様に、前段階の言い争いがまだ後を引いていたと考えられます。自分の提案に反対し続ける宅次に対して、どこか面白くない気持が動いていたはずです。それが、わざわざ答えるまでもなかった、宅次の呟きを断固として否定しきろうとする厚子の言葉となって現われたのです。

この厚子の返答の結果は、おのずと宅次の体の変調を意味することになるわけですが、厚子の言動から「宅次は煙草のことを言い出すのが億劫にな」り、対策が遅れることになるのでした。

もう一つは、末尾のパートの終わり近くでの、二人の会話のやりとりです。

「凄いじゃないの」

厚子だった。

「庖丁持てるようになったのねえ。もう一息だわ」

屈託のない声だった。左右に離れた西瓜の種みたいな、黒い小さな目が躍っていた。

「メロン、食べようと思ってさ」

宅次は、庖丁を流しに落すように置くと、ぎくしゃくとした足どりで、縁側のほうへ歩いていった。首のうしろで地虫がさわいでいる。

厚子の、宅次に向けた賛嘆の言葉は、本当にそう思ったのかもしれませんが、それ以上にマンションに関する打ち合わせを宅次に隠していた後ろめたさからだったのかもしれません。宅次がそれをすでに知って、怒り心頭に発していたことには気付くこともなく。

厚子のその言葉は、宅次に答えを求めたわけではありません。にもかかわらず、宅次は言わずもがなの、心にもない「メロン、食べようと思ってさ」という言葉を発してしまいます。いったい、なぜでしょうか。

それは、黙ったままでいたら、庖丁で厚子を刺すことになるかもしれないという事態を回避するためでした。ごく普通の夫婦のなにげない会話のやりとりをかろうじて取り繕うことによって、以前と変わりない状態を保とうとしたのです。それが結果として、宅次を致命的な状態に追い込むことなど予想だにせずに。

宅次と厚子の会話がやりとりとして示されるのは、この二個所だけです。その二個所が、よりによって冒頭と末尾のパートにあることの意味はけっして小さくありません。二人の関係がどういうものであるかを、会話のやりとりをとおして、読み手に強く印象付ける働きをしているのです。

それを一言で言うなら、見事なほどの、二人の噛み合わなさです。

コミュニケーションの一つである会話のやりとりは普通、用件を伝え合う以上に、良好な人間関係を維持・強化することを目的としています。しかし、宅次と厚子の場合、一応形式的には会話のやりとりが成り立っているように見えても、それぞれの意図が食い違っているのですから、コミュニケーションが成り立っているとは言えません。

同様のことは、二人の間で一方の発話のみが示されている個所にも当てはまります。

たとえば、第三パートで、厚子が出掛ける際に切り出した「この間から、話してたあれ、出かけて来ますね」や「お三時はメロン冷えてるけど、帰ってからでいいでしょ」という言葉に対して、宅次がどう反応したかはまったく示されていないのです。

ただ、これらのすぐ後に、地の文において「厚子のおろしたての白足袋が、弾むように縁側を小走りにゆくのを見ると、気がつかないうちに、おい、と呼びとめていた」とあり、それに厚子が「なんじゃ」と「わざと時代劇の言葉遣いで、ひょいとおどけて振り向いた」とありますが、それからのやりとりは描かれず、話題は別のことに移ってしまいます。

普通に考えれば、会話のやりとりが最後まで描かれないのは、ストーリー展開上、不要と判断されたからとなりそうですが、そこにはもっと深い意味があるように思われます。それは、宅次と厚子の関係をコミュニケーション不全の状態のままに据えておくということです。

それがいつ始まったのかは、うかがえません。ただ、ひとり娘の星江が亡くなった時にはすでに始まっていたことは確かです。星江の死の真相を知った宅次は、厚子に問いただすことも責めることもいっさいしなかった、できなかったのですから。二人の噛み合わなさはそこで決定的になったといえるでしょう。

脳卒中となった今、考えることも、話すことも億劫になってしまった宅次は、もはや厚子とまともにコミュニケーションをとることさえできなくなっていました。厚子は厚子で、宅次が返答しようとしまいと、一向に気にする様子もなく、一方的に言葉を掛けるばかりです。

そうして、「かわうそ」の末尾の一文の直前は、こうなっています。

「メロンねえ、銀行からのと、マキノからのと、どっちにします」

返事は出来なかった。

厚子の何の屈託もない言葉に、宅次が返事できなかったのは、億劫だったからでも、展開上、不要だったからでもありません。文字どおり、宅次の体がいよいよ返答不能の状態になったからです。

ここにおいて、宅次と厚子のコミュニケーション不全はついに?完璧になったことが示されて、物語は幕を閉じます。

だらだら坂

先に見たように、「だらだら坂」は、『思い出トランプ』にあって、会話文のありようとしては異色性の強い作品です。それは何よりも会話文や発話の少なさに現われています。少ないながらも、発話のほとんどを占めるのは、庄治とトミ子の二人の場面におけるものです。ただし、それを会話のやりとりと呼んでよいかとなると、いささか問題がありますす。トミ子の口が極端に重かったからです。

二人の会話がやりとりとして示されるのは、たった一個所、冒頭のパートにおける次の場面だけです。部屋の傾き具合を知るためにトミ子がピンポン玉を手に入れたことを知った庄治がトミ子に、こう尋ねました。

「買ったのかい」

というと、

「百二十円」

高くて済みません、と取れる言い方で、畳の上に置いた。

じつは、これさえ対応するやりとりにはなっていません。庄治が求めた答えは、買ったか買わなかったか、つまりイエスかノーかだからです。それを省いて、いきなり「百二十円」と答えたところに、「高くて済みません」というトミ子の気持を汲み取ることになったのです。

これに準じるのが、第四のパートで、庄治が禁じていた隣近所との付き合いをトミ子がしていることがばれてしまった時のことです。

算盤が出来るというので、帳簿整理を頼まれたというのだが、庄治が、要るだけは渡してある筈だ、というと、トミ子は、お金じゃないの、と言った。

「なにもすることないから」

会話のやりとりが地の文に埋め込まれたうえで、トミ子の付け加えた、言い訳めいた言葉だけが改行、カッコ付きで取り立てられています。

このような表記・表現は、庄治が問いただすのに対して、「お金じゃないの」と言葉で反論するだけでも、これまでにはなかったはずなのに、さらにその理由までも述べるほどに変わってしまったトミ子のありようを印象付けるために他なりません。

というのも、それ以前のトミ子は、庄治の「俺がくるのが嫌か」という問いに対して「ゆっくりと首を振」るという動作だけで反応し（第一パート）、「ばあちゃんかひいばあちゃんが、ロシヤの男と間違いでもしたんじゃないか」と尋ねると、黙ったまま「さあ、と首をかしげる格好にな」るだけだったのです（第四パート）。こんな具合では、言葉同士の会話のやりとりになりようもありません。

それでも、「重い口がほぐれ、ぽつんぽつんと生いたちをしゃべるようになったのは、随分あとのことだ」とあるように（第四パート）、もともとは話さない、話せないということはなかったのです。とはいえ、自分からというよりは、庄治に求められてでしょうが。

このように無口なトミ子の無言の反応は、物語の展開につれ、次第にその意味するところが変わっていきます。庄治の海外旅行中に、眼の整形手術を受けていたトミ子に対し、庄治は「どうして、俺に黙ってそういう真似したんだ」と言って責めるのですが、「結局、トミ子はひとことも謝らなかった」となるのです（第六パート）。ここからは、庄治に対する反抗以上の、沈黙することによるトミ子の自己主張の意志が読み取れます。

そして、末尾のパートには、「トミ子は、口数が多くなった」とあるだけで、どちらの発話もまったく出て来ないまま、物語は終わります。

「口数が多くなった」というのも、おそらく庄治の問いに対する答えとしてではなく、一変して、トミ子のほうが庄治に一方的に話すようになったということではないでしょうか。つまり、トミ子の無口はもともとの性格によるのではなく、身体的なコンプレックスのせいであり、整形によって、そのコンプレックスが薄れるにつれ、おしゃべりになったということです。

庄治の家には、妻も息子と娘もいるようですが、そちらでの会話のやりとりに触れられることはまったくありません。ただ、「ピーテーエーだのダンスパーテェと発音すると、馬鹿にした顔をする息子や娘」、「友達から電話がかかると、気取った調子で長話をしている女房」という記述からは、心休まる会話のやりとりがあったとはとても思えません。庄治が家族に話しかけても、誰もまともに相手にしなかったか、何か言えば、すぐに文句を付けられる状態だったことが想像されます。だからこそ、無口だったトミ子との乏しい会話でも、庄治にとっては心地よかったのでしょう。

コミュニケーションの手段は、言葉だけとは限りません。言葉よりも、それに伴う表情や身振り、態度も手段となることが往々にしてあります。あるいはコミュニケーションの究極は、互いに言わず語らずで通じ合える関係にあるとも考えられます。

しかし、庄治とトミ子がそういう関係にあったわけではありません。愛人としてマンションに囲っているのですから、厳然とした力関係があります。庄治はそれが出来るようになった自分に満足していました。いっぽう、トミ子のほうはそれに甘んじていたのでしょうか。もしかすると、彼女の無口は、そしてそれによる会話のやりとり表現の少なさは、意識してというわけでもなく、その関係に従わざるをえない立場からの、トミ子なりの処世術もしくは自衛策だったとも見られます。

しかし、庄治がそれに気付くことはありませんでした。勝手にトミ子とのコミュニケーションがそれなりにうまくとれていると思い込んでいた、あるいはそのように思い込みたいだけだったのです。そして、口数が多くなったトミ子に疲れを感じるようになるとともに、その思い込みを自分のせいにするのではなく、トミ子のせいにして、別れを考え始めるのでした。

そのことに関して、「惜しいという気持半分、ほっとしたという気持半分が正直なところだった」（末尾パート）というのですから、庄治自身もどこか無理があることに気付いていたのかもしれません。それでも自分から別れを切り出せずグズグズしている間に、トミ子のほうからさっさとマンションを出て行ってしまう可能性のほうが高そうな気がします。

「だらだら坂」という作品の、会話文や発話の少なさという異色性は、それ自体がおもな登場人物である庄治とトミ子との間に、対等・正常な関係としてのコミュニケーションが成り立っていなかったことを物語っているといえるでしょう。

はめ殺し窓

「はめ殺し窓」における会話文の出現状況は、全体としては平均的ですが、話し手や会話のやりとりが江口とその家族に限られているという点が特徴的です。しかも、視点人物の江口の会話文の数が家族とほぼ変わりなく、また全パートに会話文が見られます。このようなありようは、かえってそれぞれの会話文の役割が相対化されてしまい、その意味では、焦点がややしぼりにくい作品ともいえます。それは、会話文がこの作品において、個々の描写以上に、どの程度の重要性をもつかということでもあります。

発話がやりとりとして最初に出て来るのは、第二パートになってからで、その冒頭に

「健一は一緒じゃないのか」という江口の問いがあります。それに対して、

出迎えに出た女房の美津子は、小さく首を振り、指一本立ててみせた。

「律子ひとりですよ」

ということらしい。

とあります。「律子ひとりですよ」は実際に声を出したのではなく、動作による対応によってその意味を示しています。

そして、こう続きます。

「なんかあったのか」

美津子は、また指を唇へ当てた。

「あとで」

追いかけるように、

「あなたからは何も言わないで下さいな」

囁いたところへ、足音も賑やかに律子が二階から下に下りてきた。

ここからは、妻と娘の二人には秘密を共有する、いわば共犯関係があり、江口はその秘密を知らされない、部外者という位置付けになっていることが分かります。

そのような関係・位置付けは、その後のやりとりからもうかがえます。律子のこんな発話から始まります。

「真面目に早く帰ってくるじゃないの」

「庶務に移ってからは毎日こうよ。ねえ」

勤めたことのない女は残酷である。一番言ってもらいたくないことを、はっきりと口に出す。

「じゃあ、暮に風呂敷持って来ても無駄かな」

営業部長をしていた頃、床の間が山になるほど来ていたお歳暮のことを言っているのである。

「今年からは紙袋だな」

江口はこれまで仕事にかまけて、家にいることも、家族と関わりをもつこともほとんどなかったのでしょう。しかし、それは当時のサラリーマンにあっては、けっして珍しいことではなく、子供の面倒は専業主婦の妻に任せきりになっていました。

江口からすれば、娘や妻の言葉は「勤めたことのない女は残酷である」となるでしょうけれど、家族からすれば、江口はそのようにしか見られていなかったということです。この場面は、そういう、当時としてはごく当たり前の家族関係を映し出しているといえます。「はめ殺し窓」における会話文として目を引くのは、会話のやりとりよりも、いかにもその人らしさを表わす発話のほうです。

たとえば、「蛋の夫婦」であった、江口の両親に対して、「江口は子供心に、どうしてこんなに違うのが夫婦になったのだろうと思ったことがある」を受けて、

「いろいろ混ぜたほうがいいんだろ」

タカは笑いながら、

「混ぜないと、丈夫な子が生れないからね」

と言った〔略〕

とあります。子供の江口がその疑問を母親に向けて口にしたからでしょうが、それは省かれ、たっぷりとした体つきの母親にふさわしい、しかし子供には謎めいた雰囲気のある返答だけが示されています。

母親の発話はもう一回出て来ます。それは、第三パートの冒頭にあります。

江口が見合いで美津子を決めたのは、母のタカと正反対だったからである。

「なんだか牛蒡みたいなひとだねえ」

見合いの帰りに、タカはそう言って、馬鹿にした笑い方をした。

「馬鹿にした笑い方」をしたのですから、「牛蒡みたいなひと」という母親の比喩は、美津子を明らかに見下していることを示す表現となります。これは、それほどに、母親は女としての自分に自信があったということです。

それに対して、江口は「白くて大きくてしっとりしているタカにくらべれば、たしかに牛蒡だった。芯まで黒そうで、痩せていた。自分は魅力がない女だ、とひけ目を持っているらしいところが気に入った」というふうに、反発ではなく、屈折した受け止め方をしています。おそらくそのことを口に出すことはなかったでしょうが。

というのも、江口は子供の頃から、タブーに触れそうなほど母親に囚われてきたからであり、それを振り切るために、母親とは正反対であることを理由に、美津子との結婚をあえて決めたようなものです。ひどいと言えば、ひどい話ですね。

そんな美津子なのですが、江口にとっては意外なことが起こります。家族で食事をした後、美津子が持病の胆石の発作を起こしてしまい、かかりつけの医者の往診も無理ではないかと江口が思っていたところに、美津子が急にこう言い出したのです。

「若先生にわたしからと言えば来てくださるから」

そして、実際にすぐ訪れた若先生に対して「痛みの説明をする美津子の声音に、江口は今まで聞いたことのない湿りと甘さを感じた」のでした。

このような女らしさを強く感じさせる、美津子の発話や声音は、江口の思い込みとはかけ離れたものでした。

いっぽう、娘の律子は母親ではなく祖母に似ていることを、江口はずっと気にしていました。今回、律子が家に来たのも、娘が男のことで不始末をしでかし、婚家を出されたのではないかと疑っていたのです。

その夜、台所でばったり出くわした娘は父親に対し、「お父さんにも言っちゃおうかな」と前ぶりをしたうえで、こう言います。

「彼、つきあってる女の人、いるらしいの」

父親として普通なら、娘を心配するか、婿をなじるかの言葉を返しそうなものですが、江口は「ふ、ふと湯玉が上ってくるように笑いの玉がこみ上げて来て、大きな声で笑ってい」ました。その様子を見て、娘が「なにがおかしいのよ。笑いごとじゃないわ」と言って怒るのはきわめてもっともなことです。

しかし、江口が笑ったのは、娘に対してではなく、これまでの自分自身の思い込みに対してでした。女として見劣りのする妻、祖母似で男好きの娘、という思い込みです。その二人の、江口にとって予想外の発話は、自身の思い込みの愚かしさを初めて気付かせることになったのです。

妻や娘との会話のやりとりは、それらをとおしての江口の気付きで物語を終わらせるという点で、きわめて重要な役割を果たしています。

三枚肉

「三枚肉」は『思い出トランプ』の中で、会話文数も発話数ももっとも多い作品です。前半と後半に分けると発話数はほぼ同じですが、後半はほとんど発話がきっかけあるいは軸になって展開しています。そのような展開は他の作品には見られません。

前半は冒頭から第三のパートまでで、半沢と秘書の波津子の会話のやりとりが中心です。仕事のミスが急に目立つようになった波津子を案じて、半沢が夕食に誘った店の場面に初めて現われます。

「もういいんです。済んだことですから」

と笑って、ステーキの焼き具合をたずねたボーイに、

「レア」

と注文した。

「一番生みたいなの、レアって言うんですよね」

「そうだよ。血の滴るようなやつを食べて、明日から元気ださなくちゃ」

波津子はうなずいてから、

「部長」

生まじめな顔で呼びかけた。

「ひとつだけ甘えていいですか」

「なんだい」

「ゲームセンター、つき合ってください」

二人の会話のそれぞれの言葉遣いからは、年齢、性別、立場の違いがステレオタイプに表わされていますが、それでも仕事場においてはありえない、プライベートで親密なやりとりになっています。これまではあくまでも仕事上の付き合いだけだったとはいうものの、お互いに憎からず思っていたからこそでしょう。

最後の「ゲームセンター、つき合ってください」のような依頼を、波津子が半沢にしたことはなかったはずですから、半沢はさぞ驚いたと思われます。それに対する半沢の返事は地の文で、「半沢は嫌だと言えなかった」という、消極的な形で示されています。

　その後は成り行きで、二人は男女の仲になってしまいます。しかし、二回の逢瀬だけで、露見を恐れた半沢は波津子を他の部署に異動させ、それっきりになります。そうして一年後に、波津子の結婚披露宴に招かれ、それも何事もなく済んで帰宅するというところで前半が終わります。

　後半は、思いがけない人物の登場から始まります。半沢の大学時代の友人である多門が家に上がり込んで、二人の帰りを待っていたのです。そこから、多門の発話を中心に、半沢と妻の幹子の三人でのやりとりが始まります。

　そのピークが、末尾の第七パートです。幹子の急ごしらえの、牛の三枚肉と大根の煮つけが出されると、こんなやりとりになります。

「牛肉ってやつは不思議だね」

　多門が言った。

「草を食うだけなのに、どうしてこんな肉や脂肪になるのかね」

そういえば、と幹子が脂で光った唇を手の甲で拭うようにしながら、

「豚の脂より牛の脂のほうが、土壇場へくるとしつこいわね」

牛肉のほうが、凄みがあってしたたかだ、と話しながら、三人は肉を食べた。

面白いのは、もっぱら話すのは多門と幹子の二人で、半沢の発話は一回も出て来ないことです。引用最後の地の文にある「牛肉のほうが、凄みがあってしたたかだ」も、半沢の発話としては示されていません。この後の、最後になる会話のやりとりも、

「おれ、来週、ちょっと入ってくる」

胃腸専門のドックに入るんだと多門は言う。

「こんな肉、召し上がって大丈夫なの」

のように、多門と幹子の間で交わされたものでした。

半沢の発話は全六回出て来ますが、「三枚肉」のおもな登場人物の中でもっとも少なく、しかもそれらはすべて前半にあって、後半は聞き役に徹する立場に立たされています。三人の会話において、半沢が終始、黙っていたとは考えられないにもかかわらず。いったい、

なぜでしょうか。

それは、表現構成上、後半では、多門と幹子の会話のやりとりから、半沢が二人のかつての関係を探り疑うことに重点が置かれたからです。しかも、あえて半沢が自ら誘い出すような発話もせず、多門と幹子の二人の会話だけが引き立てられるようになっています。

その結果、この二人の、普通なら邪推する余地もなさそうな会話を聞きながら、半沢は心の中で、二人の知らない、自分と波津子の関係をひそかに重ね合わせようとします。まさに視点人物の視点人物たるゆえんです。そして、その挙句が、「肩も胸も腰も薄い波津子も、あと二十年もたてば、幹子になる」という思いでした。ここで注意したいのは、あくまでも焦点は幹子ではなく、波津子にある点です。

半沢は、何事もなく終わってしまった波津子の結婚披露宴に対して、安堵すると同時に、物足りなさも感じていたのです。帰宅途中のタクシーの中で「いい加減なものだな、という気がした」というのは、その気持を表わしているのでしょう。ちょうどそこに、久しぶりに旧友の多門が現われたことは、半沢にとって単なる偶然とは思われませんでした。

「三枚肉」の末尾は、次の一段落で締めくくられています。

二十五年前に『西洋見学』を返しに来て命を拾った多門は、今夜はなにを返しに来たのだろう。ただの縁起かつぎかな、と思いながら半沢も負けずに肉にかぶりついた。

「多門は、今夜はなにを返しに来たの」か、その答えは示されないまま、物語は終わります。そのような問いを示す半沢にとって、返しに来たものとして考えられるのはただ一つ、二十年後の波津子としての幹子です。

これは、かつて多門と幹子に関係があったのではないかという半沢の勝手な思い込みを、自らと波津子との関係をふまえて、既成事実化しているということになります。半沢には、「草を食うだけなのに、どうしてこんな肉や脂肪になるのかね」という多門の発話や「豚の脂より牛の脂のほうが、土壇場へくるとしつこいわね」という幹子の発話を、半沢は言葉どおりの、単に三枚肉に関する話題とは受け取らなかったということです。いわば半沢の思い込みコードによって、二人の会話を解釈していたのでした。

マンハッタン

「マンハッタン」の会話文でいちばんの特色は、「『マンハッタン」「マンハッタン」」という、タイトルにもなっている語の繰り返しが七回も出て来る点でした。しかも、冒頭のパートを除き、第二、第三のパートに各二回、第四、第五、そして末尾の第六パートに各一回と、ほぼ満遍なく出て来ますから、これがこの作品のキーワードになっていることは明らかです。

このキーワードとしての「マンハッタン」が何を意味するかについては、以前に出した『向田邦子の思い込みトランプ』(新典社新書)に記したので、ここでは触れません。ただ、先に問題にした、これらを会話文とみなしてよいかということについて、説明します。

この繰り返しは睦男にだけ聞こえる内なる音声であって、外部から確認できるものではありません。それをなぜ会話文に含めたかというと、二つの理由があります。

一つは、次に挙げるように、その音声に関わる描写があることです。

みな、耳に入っている。ただ、どこかで別の声がする。

「マンハッタン」「マンハッタン」

はじめは、ゆるやかに回るエンドレスのテープだった。

「どうだい、初日の感触は」　（第二パート）

「まあ、売り込み成功じゃないですか」

営業にいた時分、部長とこんなやりとりをしたことを、急に思い出した。

「マンハッタン」「マンハッタン」

「マンハッタン」「マンハッタン」　（第三パート）

ひと頃は烈しかった歓喜の大合唱も、此の頃は満ち足りたせいか落ちついたものになって来ている。　（第四パート）

最初は妻の杉子とは「別の声」、次はかつての部長とのやりとり、三つめは「歓喜の大合唱」を引き合いに出して、そこから、その実際の音声が喚起されるように描かれています。

もう一つは、その表記のしかたです。

地の文と区別して改行されていることもそうですが、二つの「マンハッタン」がそれぞれカギカッコ付きで示されています。単なる反復を示すのならば、「マンハッタン、マンハッタン」のように、間に読点を入れるだけで済んだはずです。

『父の詫び状』の「隣りの匂い」というエッセイの中に、次のような一節がありました。

些細なことから父といい争い、

「出てゆけ」「出てゆきます」

ということになったのである。


「「マンハッタン」「マンハッタン」」という表記は、これと同じではないでしょうか。つまり、誰かと別の誰かが同じ言葉のやりとりを即座に行ったということです。このような同じ言葉のやりとりは、普通の会話においても、両者の確認、同意、共感を表わす場合に見られます。「やっぱり、マンハッタンだなあ」「そりゃもう、マンハッタンだよ」という感じです。

先に引用した第三パートの場面は、睦男とスナックのママの、次のようなやりとりに続くものです。

「お子さんですか」

「女房もいないのに子供がいたら大変だよ」

ママはあら？　という顔をした。

これを受けて、かつての部長とのやりとり、そして「『マンハッタン』『マンハッタン』」と来るのですから、この三つがやりとりとして重ね合わせられていると見るのが自然でしょう。どれも、会話がうまい具合に展開している点で共通しています。「『マンハッタン』『マンハッタン』」の場合の話し手は、これまでとは異なる睦男自身なのかもしれませんが、「歓喜の大合唱」という比喩もありますから、睦男に向けて周りの人々が言い合っているのが聞こえてくるという設定も考えられそうです。

その一方で、実際に語られているはずの会話文なのに、改行もされずカギカッコも付いていないものが見られます。睦男の妻の、杉子の発話です。

改行・カギカッコで示されている杉子の発話は四個所あり、

「あんたみたいのを無気力体質というのよ」（第一パート）
「人のはなし、ちゃんと聞いてくださいよ」（第二パート）
「就職、まだメドがつかないの」（第三パート）
「どこへ持っていったんですか」（第五パート）

のように、どれも睦男を詰問する口調で、当然のように睦男の反応は何もありません。これは、夫婦としての関係が完全に断たれていることを表わしているのでしょう。

改行もカギカッコもなく示された発話は、最初の「「マンハッタン」「マンハッタン」」が出て来る直前で、右の「人のはなし、ちゃんと聞いてくださいよ」に続く部分です。

会社が潰れたから、嫌気がさしたんじゃないのよ。がむしゃらに職を探さない、そういう生き方があたしとは違うと思ったの。

お姑さんを見送ったら、しっくりいくと思ったけれど、かえって性格の違いがぶつかってしまったわねえ。

子供がなくて、かえってよかった。

これは地の文でも心話文でもなく、杉子の発話としてしか考えられません。にもかかわらず、このような表記になっているのは、睦男の「耳に入っている」ものの、まったく頭に入っていないこと、つまり会話として通じていないことを示すためでしょう。

睦男にとって、リアルな会話としてあるのは、外部に音声化されない「「マンハッタン」「マンハッタン」」のほうであり、声は届いているのに、杉子の発話はまったく意味を成さないものだったということになります。

結局、睦男は、杉子と離婚したものの、スナックのママも行方をくらましてしまい、また一人に戻ってしまいます。もう「「マンハッタン」「マンハッタン」」という音声も聞こえなくなってしまいました。

そんな睦男が、「お前のすることはお父さんそっくりだよ」という、死んだ母親がよく言っていた言葉をふっと思い出して、途方に暮れるところで、この作品は唐突に終わるのでした。

犬小屋

「犬小屋」は、『思い出トランプ』では会話数が少ない作品グループに入るうえに、会話のやりとりも一組しかありません。もちろん、やりとりとして示されていなくても、独り言ではなく、誰かに向けて発せられている言葉はあります。ただし、この作品が異彩を放っているのは、相手が犬である発話が四回も出て来る点です。

その最初は第二パートの冒頭に見られます。達子が散歩に連れ出した飼い犬の景虎が、魚屋の店先にあった皿盛りのイカを散乱させてしまいます。そこに現われるのが、その魚屋で働いていたカッちゃんです。彼は達子に叱られた景虎に対して、次のような言葉とともに対応します。

「烏賊なんか食うと腰が抜けるよ」

と言いながら、中位の鯖かなにかの腹のところをポイとほうってよこした。

ところが、それが原因で景虎が苦しんで大騒ぎとなるのですが、事なきを得た後、そのことをきっかけとして、カッちゃんと達子の家族との交流が始まるのでした。

次は、第四パートの次の場面で、達子の兄の発話として、二回出て来ます。

着替えを取りに帰った兄が、景虎に、

「お前、匂いが変ったな」

と言ったのは、たしかその頃だった。

顔をなめようと、黒くとがった口吻を寄せた犬を、兄は手で押え顔をそむけながら、

「魚くさくなったぞ」

と呟いた。

最後は、第五パートでの、達子の発話です。

小屋から出て来た景虎が尻尾を振っている。昨夜の今朝なので、犬の罪ではないが顔を見るのも嫌で目をそらしたのだが、口吻が赤くなっている。

「屋根のペンキ、かじっちゃ駄目よ」

言いかけて気がついた。ペンキではない。血のようなものが、乾いてこびりついて

いる。

犬が話し相手の場合、犬は言葉で返すことはできませんから、言葉同士の会話のやりとりは成り立ちません。ただ、コミュニケーションとしては、人間の言葉に対する鳴き声や態度・行動などの反応によって可能です。景虎に対するそれぞれの登場人物の発話はどれも、その意味では、いかにも自然なものとして受け止められます。

ところが、それが伏線あるいは布石として働く、クライマックスシーンがあります。第五パートで、達子が家で一人、夜を過ごしている時でした。

いつの間にかうたた寝をしていたらしい。景虎に飛びつかれて目が覚めた。

「どうしてお前、茶の間に上ってきたの」

夢うつつで、犬を押しのけ、口のまわりの熱い舌を手で払いながら、

「魚くさいのよ、お前」

言いかけて気がついた。

犬ではなく、カッちゃんだった。

いきなり飛び付かれる可能性があるという点で、まっさきに思い浮かんだのが景虎というのも分かりますし、よもやカッちゃんであるとは想像もできなかったでしょう。「どうしてお前、茶の間に上ってきたの」や「魚くさいのよ、お前は」のように、お前呼ばわりする達子の言葉は、まさに犬の景虎に対してのものだからです。

しかし、これを単なる勘違い、思い違いとはみなしにくいところがあります。じつは、達子も両親も、カッちゃんを犬並みに見ていた節があるからです。

第三パートで、景虎の散歩や食事の面倒を見てくれるお礼にと、カッちゃんを夕食に招いたとき、カッちゃんは犬地図の話を持ち出します。そしてカッちゃんが辞去した後に、両親はこう語り合います。

「犬地図ねえ」

と呟いた母に、

「ありゃ自分のことだな」

父は、よく判っているようであった。

この最後の一文は、視点人物の達子の思いでもあります。この比喩からは、達子の家族が揃ってカッちゃんを対等の人間としてではなく、犬程度に把えていたことがうかがえます。悪気があったわけではないとしても。

そうして、問題の場面です。達子は途中で「犬ではなく、カッちゃんだった」と気付いたように書かれていますが、その前からカッちゃんを犬のように見ていたとすれば、どちらにしても同じだったということになります。この事件の後の達子において、それはもはや確信に変わっていたでしょう。

この作品は、十年ほどのちに、電車の中で、達子がカッちゃんの家族を見かけたところから始まり、最後にもう一度、その場面に戻って終わります。カッちゃんに対する達子の見方は、かつてほど露骨ではないものの、その描写の端々からは、ちっとも変化していないようです。

じつは、「犬小屋」において、達子とカッちゃんの間の直接的な普通の会話のやりとりは一切示されていないのです。カッちゃんに向けられた言葉は、問題の場面の、犬相手並みの二回のみ、カッちゃんのほうも、ヤケになったとしか思えない「失礼します」の一回のみです。

これでは、人間同士のコミュニケーションなど、到底ありえません。カッちゃんは切望していたのでしょうが、達子が一方的に拒否し続けたからです。いっそカッちゃんが本当に犬だったら、まだマシだったかもしれませんが、景虎もあまり可愛がられてはいなかったようですから、似たようなものだったかもしれませんね。

それにしても、この「犬小屋」の会話文には、あたかも勘違いのように見せかけて、人を犬並みに扱うという意図を示すという、おそろしく高度なテクニックが発揮されているといえます。これも、猫好き、犬好きの向田だからこそでしょうか。

ちなみに、『思い出トランプ』で犬が登場するのは、この作品だけであり、猫が登場するのは「酸っぱい家族」だけです。ただ、「酸っぱい家族」のほうの飼い猫は、鸚鵡《おうむ》をくわえて来るという、物語のきっかけは作りますが、九鬼本から「またやったのか、お前は」と叱られるだけの存在です。

男眉

「男眉」という作品は五つのパートから成っていますが、おもな登場人物である麻と夫の二人の会話が出て来るのは、第三のパートだけです。

第一のパートはたった五行と短くて会話文はなく、第二のパートは会話文はあるものの、麻の妹が生まれた時の「よかった。よかった。こんどの子は地蔵まみえだ」という産婆の言葉のみ、第四のパートも、「そうかそうか。可哀そうに可哀そうに」という、麻の想像するお地蔵さまの言葉と、戦時中に買い出しに出かけた先の百姓のおじいさんの「あんたら、おっかなかったら、入ってもいいよ」と「なんまんだぶ」という言葉だけで、本筋には関係がありません。

そして、第一パートの場面に戻る末尾のパートも、遅く帰宅した夫に対して、麻が「今度こそ言ってみようと思った。甘えや拗ねのことばがあった筈だが、さてとなると、どこでどう栓をしてしまうのか、出てこなかった」とあるように、会話にならずじまいです。

第三パートは全体の分量の半分（一一四行／二二三行）も占め、この作品の中心部といえます。その冒頭は、次のような夫と麻のやりとりです。

夫は麻に向って、

「お前は曲がない」

と言うことがある。

「曲がないというのは、どういうことですか」

うすぼんやりとは見当がついているのだが、わざと聞くと、

「そういうことを聞くのを、曲がないと言うのだ」

と言い返された。

直前の第二パートに、男眉に生まれ付いた麻は子供の頃、祖母に「女は亭主運のよくない相だ」と言われ続けたと書いてあり、今もそれを気にしています。右の会話のやりとりからも、それが察せられます。わざわざ「お前は曲がない」と言う夫も夫ですが、その意味の見当が付いているのに、あえてそれを聞き返す麻も麻、というところですよね。

次のやりとりも同様です。


「骨壺ひとつでは納まらないぞ、お前は」

「女の癖に骨壺ふたつなんて恥しいわね。お願いだから、隠亡さんに心付け弾んで、ひとつに入らないようだったら、残りは捨てるように言ってね」

機嫌のいい時は、こんな風に言えるのだが、虫の居所が悪いと返事もしたくなかった。


「骨壺ひとつでは納まらないぞ、お前は」というのは、言わずもがなの言葉でしょう。それが夫婦間のたわいのないからかいだと受け止められる時の麻は、珍しく二行にもわたるような、受け流す返答もできるのですが、おそらくたいていは、反発するか無視するかではなかったかと思われます。


麻の父親の葬儀の後、親戚も集まって酒盛りをしている時のことです。

〔略〕夫は、喪服を着た女はふた通りに分けられると言い出した。

「健気と、哀れと、ふたつに分けられるね」

麻は、言われぬ先に言ってしまいたかった。

「あたしは健気のくちだわね」

「判ってるじゃないか」

このやりとりも、お互いを分かり合っている夫婦だからとは思えません。「健気」と「哀れ」のどちらが良いという話ではないはずなのに、夫に「言われぬ先に言ってしまいたいと思ってしまう麻にとって、「健気」はマイナスだったのでしょう。最後の「判ってるじゃないか」という夫の言葉には、先の「曲がない」に通じるものがあります。

これ以降、麻の発話は見られなくなり、視点人物らしく、もっぱら聞き役に回ります。

たとえば、
夫が麻のことを、

「こいつは、喪服より、袴をはいて白い鉢巻しめて、白虎隊の剣舞でもやってるほうが似合うよ」

というのを、別に否定もせず、笑いながら聞いている。

という自分とは対照的な妹の様子を批判的に見たり、分家の叔父の「健気な女房を持った亭主は、女房に死なれたら、哀れのほうに入るね」という発話を受けての、

夫があとを引き取って、

「そうすると、哀れのほうの女房を持った亭主は、健気ってわけか」

に対して、次のように思ったりします。

本当は気の弱い亭主が、こういう席では見すかされまいとして、大きく羽をひろげた物言いをすることもある。やましい男が、人前でわざと女房を持ち上げて罪ほろぼしをすることもある。

健気な女を妻にもつ夫は哀れ、つまり弱いということになりますから、健気派の麻の夫としては、それを認めなくなかったということでしょう。しかし、「やましい男が、人前でわざと女房を持ち上げて罪ほろぼしをする」という意図まであったかは疑問です。むしろ、麻がそのように思わずにいられなかっただけだったような気がしませんか。

麻は、「子供もないのに、二十年をただぼんやりと、夫のことで気を揉みながらこれと

いったものも身につかず過ごしてしまった」(第三パート)とありますが、夫ととくに不仲だったわけではないようです。「夫のことで気を揉」むと言っても、せいぜい徹夜麻雀くらいであり、離婚を考えるほど重大なことがあったようには書かれていません。麻が羨む「地蔵眉」の妹の夫婦のほうが円満だったかどうかも分かりません。端から見れば、麻と夫は、ごくごく普通の夫婦に見えたはずです。

そのうえで、麻が望んだのはひとえに、夫との、より親密なコミュニケーションだったのではないでしょうか。「男眉」に生まれ付いたせいで、いわゆるコミュニケーション力が欠けていると思い込む麻は、それを夫に求めようとしていたのです。しかし、かりに夫がそうしたとしても、麻が素直に応じられるかは、やはりあやしいところです。

そうして、二人はいつになっても、ギクシャクとした会話のやりとりしかできないままなのではないかと想像されます。

大根の月

『思い出トランプ』の各作品のタイトルは、どれも同じあるいは類似した表現が文章の中にも出て来ますが、会話文の中に見られるのは、「マンハッタン」と、この「大根の月」だけです。そして、「マンハッタン」がそうだったように、「大根の月」も、その会話文がとても重要な役割を果たしています。

それは、第二パートにあります。

ビルの上にうす青い空があり、白い透き通った半月形の月が浮かんでいた。

「あの月、大根みたいじゃない？　切り損なった薄切りの大根」

英子と秀一が結婚指輪を誂えに一緒にデパートに出掛けた帰りでした。この発話の前には、次のようなやりとりがあります。

〔略〕英子は、

「あ、月が出ている」

と空を見上げた。

「なに言ってるんだ。昼間、月が出るわけないじゃないか」

秀一は、煙草の釣銭をラグビーボールの格好をした財布に仕舞いながら、英子に釣られて空を見上げた。

「本当に出てる。昼間も月が出るんだなあ」

びっくりしたように呟いた。

秀一よりびっくりしたのは英子である。

ぼつぼつ三十に手がとどこうというのに、この人は今まで昼の月を見たことがないのだろうか。

「あくせく下ばっかり見てきたからなあ。昼間、空なんか見上げたことなかったな」

英子にとっては、そんな秀一の言葉を聞き、「体の奥からなにかが突き上げてきて」、「これが一番幸せなときであった」と、後で思えるような会話のやりとりでした。その弾んだ気持のまま、思わず口に出たのが、タイトルにもなった「あの月、大根みたいじゃやない？」という英子の言葉だったのです。

じつは、この二人の会話がやりとりとして示されるのは、ここだけなのです。他にも、二人のやりとりと思われる場面はいくつか出て来るのですが、会話文として示されるのは秀一のほうだけです。

たとえば、第三パートの、

「いいなあ」

小銭の仕分けを終った秀一は、コーヒーをかき廻しながら繰り返した。

「そういうはなし、もっとしてくれよ」

英子は、祖母に仕込まれたおかげで、今も毎晩寝る前に庖丁を砥ぐこと、庖丁砥ぎには十円玉を使うのが一番いいことをはなした。

のように、英子の発話内容は地の文の中に埋め込まれています。

ここでは、英子のこと細かな説明を会話文として描写する必要はなく、英子に関心を向ける秀一の言葉のほうに焦点を当てようとしたからでしょう。

他も同様ですが、末尾の第七パートだけは、意味合いが異なっています。家を出た英子に、久しぶりに秀一から連絡があって、二人が会った場面の最後です。

「戻ってくれ。たのむ」

別れぎわにそう言って、秀一はバスに乗った。

秀一の依頼の言葉に対する英子の返答はありません。この後に続く末尾部分からは、英子が即答を避けたのであって、実際には何かを話した、あるいは身振りで伝えたということではなさそうです。つまり、会話のやりとりを成り立たせなかったということ自体に、結末としての意味があるということです。もはや、あの幸せだった会話のやりとりを取り戻すことができないような関係になってしまっていました。

それというのも、英子が誤って息子の指を庖丁で切ってしまった後、それをくどくどと責める姑の言葉から、秀一が英子をかばってあげなかったことに原因があります。その時の英子は、心の中でこう呟きます。

もういいじゃないか。今、それを言ってどうなるんだ。一番辛いのは、英子なんだよ。ふざけて飛び込んできたこいつも悪いんだから――

夫のことばを、胸のなかで呟きながら待ったが、秀一は健太の左手をまさぐりながら、沈黙したままだった。

それまで、秀一が英子をとくにかばわなければならないような出来事はなかったようです。庖丁砥ぎの話に感心しきりの秀一でしたが、姑がそんな英子に「あんまり切れる庖丁は、おなかの子供に障わるっていいますよ」と、不吉な皮肉を言った時も、何か言ったとは書かれていません。やはり黙って聞き流していたのでしょう。それでも、「世間なみの小競り合いはあったにせよ、このあと六年間は大過なく過ぎたといえる」生活でした。

子供の指を切り落としてしまったこと、そして誰もかばってくれなかったことのショックは、二人めの子供の流産を招いてしまいますが、英子にはそれを嘆く余裕さえないほどでした。しばらくして、英子は仕事をやめた姑と家で一緒にいるのが耐えきれずに、パートに出るようになり、やがて離婚を前提として家を出ることにもなります。そうなってからも、英子はその時のことを、次のように思い返します。

今度の事件にしても積極的に責めもしなかった代り、決してかばってくれなかった男に、一生托すのは嫌だ、と自分に言い聞かせた。

「言い聞かせた」とありますから、英子が秀一を完全に見限ってしまったわけではないことになります。それは、「あの月、大根みたいじゃない？」と、秀一に英子が問いかけた時の幸福感を忘れていなかったからでしょう。第二パートに出て来た「あとになって考えると、これが一番幸せなときであった」の「あとになって」というのは、英子が一人暮らしをするようになって、ということです。

作品末尾の「戻ってくれ。たのむ」という、秀一の発した言葉が、英子との夫婦愛を取り戻したい一心からだった、とは言い切れません。その理由らしきこととして、健太のことだけを持ち出しているのは、英子の夫婦愛ではなく、母性愛に訴えるために他なりません。それが英子の即断につながらなかったのは、単純な人間関係には還元できない家族・家庭という場所が、「一番大切なもの」であると同時に、「一番おぞましいもの」であることを思い知ったからなのでした。

りんごの皮

「りんごの皮」という作品は、「思い出トランプ」という連載の最初に書かれたものであり、会話文も発話も会話のやりとりもいたって少ないという点で目立つ作品です。初めて書く短編小説ということで、シナリオとはもとより、エッセイとも、あえて異なるスタンスをとろうとする気負いが、この会話文の少なさに端的に現われているように思われます。

発話がやりとりとして示されるのは、第三のパートの、時子と弟の菊男の間でのみです。となると、否応なく、そのやりとりがどういう意味をもつのか、考えざるをえません。

戦後まもなく、その後の家族の転居先となる家で二人は一夜、見張りのために泊まることになります。時子は大学一年生、菊男は高校二年生でした。二人がなかなか寝付けないでいる中、こんなやりとりが描かれます。

「あんた、マッチ持ってないの」
「持ってるわけないだろ」

「たばこ、喫ってたんじゃないの」

「喫ってないよ」

二つしか違わない姉と弟の間の会話として見れば、とくに隔てのない、二人の言葉遣いはごく自然です。そのうえで、「あんた」という呼び掛けや、「マッチ持ってないの」や「たばこ、喫ってたんじゃないの」という、決め付けるような物言いからは、年長者としての姉の立場、「持ってるわけないだろ」や「喫ってないよ」という、やや反発気味の物言いからは、年下の立場がうかがえます。

それにしても、なぜいきなり「マッチ持ってないの」と問いかけたのでしょうか。

その前に、「体を温めようにも火もない」とありますから、暖を取るためとも考えられますが、マッチだけならタカが知れていますし、屋内ですから焚火をするわけにもいきません。明かりもないので、家内の様子を目で確かめたかったからかもしれません。あるいは、沈黙に耐えられず、何でもいいから口火を切りたかっただけなのかもしれません。

興味深いのは、この弟との二回だけのやりとりの中で、時子が気にしたのが会話の内容ではなく、話す声のほうだったということです。自分の声については、「いつもの声ではなく、すこしかすれている」、菊男の声については、「男の、大人の声」であり、「父にそっくり」ということです。それに気付いたとき、時子は、「空気が葛湯のように重たくなってくる」感じがして、「こういう時は、何かしゃべった方がいい」と思うのでした。

ある研究によれば、直接的なコミュニケーションにおいて、お互いが受け取る情報は、言葉そのものよりも、それを発する時の相手の表情や身振り、声の出し方からのほうがはるかに多いということです。つまり、何が話されたかではなく、どのように話されたかのほうが大事ということです。

この時の時子と菊男の会話のやりとりも、まさにそれでした。会話の内容自体はまったくどうでもよいようなことです。しかも明かりがないので、手掛かりを得るのは聴覚刺激つまり声だけです。お互いの話す声そのものがコミュニケーションの手段であり内容なのでした。

菊男のほうは、単に普段の姉とのやりとりとしか思っていなかったかもしれませんが、

「こういう時は、何かしゃべった方がいい」と思ってしまった時子は、その声という情報を重く受け止めていたのです。

これはつまり、二人だけで夜を過ごすという状況の中で、姉と弟という気のおけない関係ではなく、危険をはらんだ大人の女と男という関係を、おそらくは初めて、しかも強く意識したということです。もちろん、実際に二人に何かが起きることを予想したというわけではなく、まだ子供とばかり思っていた菊男がいつしか大人に変わっていたことに驚き、うろたえたということでしょう。

「たばこ、喫ってたんじゃないの」という時子の問い掛けも、何か根拠があってというわけではなく、当時の世代的な風潮から憶測しただけであって、菊男がとくに大人ぶっていたことを示すものではありません。

しかし、「何かしゃべった方がいい」と思った矢先に、闇屋が訪れることにより、二人の会話は中断します。その後は、「姉ちゃん、出るな」と「骨董屋じゃないよ。闇屋だよ」という、菊男の二回の発話があるだけで、それらに対する時子の返答はありません。見えないながらも、おそらくは黙ってうなずいたはずです。そしてその時、時子は、弟ではなく男としての菊男によって、たしかに守られていると感じたことでしょう。

じつは、この第三パート以外で、時子の会話文はまったく出て来ません。菊男も、第一のパートで、時子のマンションを訪ねた折の、玄関先での「また来るよ」という、別れの言葉しかありません。用件も言わず、「時子には何も言わせず」、一方的に別れの言葉だけで菊男が去ったのは、時子が男と一緒にいることに気付いたからでした。

第一パートは、「入場券のはなしがいけなかった。」という一文から始まります。その話は、「女は瞼の裏に虹が出るというが本当か」という、愛人関係にある野田の問いに対する答えでした。その問いも答えも地の文として記され、ただそのしめくくりに「入場券か。なるほど。入場券ねえ」という、野田の感心した言葉のみが会話文として示されています。菊男が玄関のドア越しに聞いたのは、その後の二人の笑い声であり、その声の感じからだけでも、二人がどういう関係かを察するのに十分でした。

第三パートに描かれたエピソードは、ほぼ三十年前のことです。それ以降、時子と菊男に、まともな会話はほとんどなかったようです。「時子が別れた夫とごたごたを起した時も、菊男は自分の手には負えないものは、見えない、見なかったという目で押し通した」とありますから、これは、時子が相談を持ち掛けても、菊男は何の同情も助言も口にしなかったことを物語っています。そういう弟を、時子は自分のほうから、どこか遠ざけようとしてきたところがあります。

だからこそ、第三パートの時子と菊男の会話のやりとりが際立つのであり、時子にとっては、忘れがたい記憶として蘇ってきたのでした。

その時以前は、姉として弟の面倒を見るという関係だったと思われます。それが対等な男女としての会話のやりとりに変わったと思ったとき、その気付きがきっかけとなったように、それからの二人は、というか時子のほうから距離を置くようになったのでしょう。しかも、りんごの実が弟であり、自分は皮のほうだという自虐の気持を抱きながら。

酸っぱい家族

『思い出トランプ』の中で、会話文の比率がもっとも低いのが、この作品でした。しかも、一三回の発話のうち九回までが第二のパートに集中しています。作品の冒頭部分に相当する、第一と第二のパートは、物語の現在時点であり、本筋となる過去時点に入る、いわば前置きのような部分です。そこに会話文が集中するというのは、おのずとこの作品における会話文の位置付けを示しています。

物語のきっかけは、飼い猫が鸚鵡をくわえてきたことでした。第二パートは、それをめぐっての、おもに九鬼本と妻の会話のやりとりが中心です。それは、こう始まります。

「どうするの、パパ」

こういうとき必ず女房は久鬼本をそしる口振りになる。

それから、次のように展開していきます。

「どうするといったって、死んでしまったものは仕方ないだろう。そのへんに埋めるんだな」

「そのへんて、どのへんですか」

女房は尖った声で言い添えた。

「うちの庭は嫌ですよ」

猫の額ほどの庭にこんな大きい鳥を埋められたら、気持が悪くてかなわないという。洗濯物ひとつ干すにしても、足許に死骸が埋まっていると思うと気色が悪いというのである。

「それじゃビニールにくるんで、ポリバケツにでも」

捨てるんだな、と言い終わらないうちに、女房と娘が一斉に非難の声をあげた。とんでもないというのである。

このような会話およびその表示のしかたには、三つの特徴が認められます。

一つめは、他の作品にも見られたことですが、会話相当のすべてを会話文としては表示していないという点です。

続け具合を見ると、その始めあるいはさわりだけを会話文として取り立て、後は地の文にしています。これは、会話文を長くすることにより、ストーリーの展開を滞らせないようにするためであり、シナリオとは大きく異なる点です。引用最後の「とんでもない」は会話文にするまでもないと判断されたのかもしれません。その後に段落を変えて続く地の文も、妻の会話をふまえたものになっています。

二つめは、逆に、一連と見られる会話をあえて二つに分けている点です。

妻の「そのへんて、どのへんですか」と「うちの庭は嫌ですよ」がそれです。その間の地の文に「尖った声で言い添えた」とありますが、会話の順番としてはともかく、九鬼本に質問することよりも、「うちの庭は嫌ですよ」という自分の気持を伝えるほうが主意だったことを示すためでしょう。それに、妻の声が尖っていたのは、「言い添えた」時からではなく、「どのへんですか」という際の「そしる口振り」に始まっていました。

三つめは、会話での言葉遣いに変化を付けている点です。

九鬼本のほうには変わりありませんが、妻のほうは、最初は「どうするの」だったのが、その後は同じ九鬼本に対して、文末がデスマス体になっています。これは、夫に敬意や配慮を示すためではなく、他人行儀にすることによって、連帯責任ではなく、九鬼本だけに責任を押し付けるためです。これらの会話の最後にある「昨夜まで人間の言葉しゃべってた奴を、ポリバケツっていうのは、すこし可哀そうじゃないの」という、普通の言い方に戻った会話文は誰の会話なのか、明示されていません。ただ、それに続く「言われてみればそんな気もする」という九鬼本視点の表現からは、「奴」という、ぞんざいな語の使用が気になりますが、妻の発話と見られます。

第二パートのみに見られる、このような会話のやりとりが浮き彫りにするのは、家庭内における九鬼本の立ち位置です。第一パートには、「大体、五十を越えた男で、毎朝希望に満ちて目を開く人間がいるのだろうか」という九鬼本の虚無的な述懐があります。それは、単に年齢の問題ではなく、自分に対する家族の対応にも起因する、家庭内での孤立です。しかも、責任だけは押し付けられるのですから、希望がもてないというのは、無理もありません。そのへんの事情をリアルに描写したのが、第二パートの会話のやりとりということになります。そしてこのような、現在時点の九鬼本の人物造形を読者に印象付けたうえで、過去のエピソードに入っていきます。

そこには、会話のやりとりらしきものも見出せませんし、九鬼本の発話もありません。目を引くのは唯一、九鬼本と仕事上の取引のあった陣内の発話です。

リベートのように娘の京子を九鬼本に預けた陣内は、九鬼本が転職にともない、縁を切ろうとしたとき、次のように話します。

「いいの、いいの。なんも言わなくてもいいの」

それから、封筒に包んだものを九鬼本のポケットに押し込んだ。

「これ、気持。ほんのお祝い」

九鬼本は「本気で陣内を殴り倒したいと思った」とありますが、もとよりそれを実行するはずもなく、ただ陣内の言動をそのまま受け取るだけだったのでしょう。

この場面の直前に、九鬼本は京子に別れを切り出そうとしたものの、「何と言えばいいのだ」と迷い、「京子が、九鬼本の気に入られようとして、精いっぱい気を遣っているのが辛くなったとは言え」ないでいるうちに、父親の陣内とばったり会ってしまったのでした。

過去のエピソードにおいて、九鬼本の発話がまったく見られないのは、第二パートでの妻との会話のやりとりが示唆するように、自分から話を切り出せないばかりか、結局は相手の言うことを受け入れるしかないのですから、その個々の応答を表現・表示するだけの積極的な意味がなかったことによると考えられます。むしろ九鬼本の発話をまったく示さないこと自体が、九鬼本の人となりをあからさまにしているということです。

末尾の第八パートは、現在時点に戻り、始末に困った鸚鵡を、「ゆきつけの銀座のバー」のマダムに委ねようと九鬼本が思うところで終わります。そのマダムに、九鬼本がどのように話を付けるのかは分かりませんが、何とかしてくれるという目算が立つほどの、マダムとの関係があったからこそでしょう。

しかし、「この店にはもうひとつ、捨てなくてはならないものがある。」という末尾の一文は、その二人が、九鬼本から今なお別れを切り出せないまま続いている、というか、続けさせられている、おそらくは京子との関係であることを暗に示しています。

耳

この作品での会話文のありようは、三つの点で、「酸っぱい家族」と似ています。一つめは、会話文が少なく一三例しか見られないこと、二つめは、会話のやりとりとして示されるのが一つのパートのみであること、そして三つめは、その会話のやりとりが家族間に限られること、です。

そもそも、「耳」と「酸っぱい家族」は、視点人物が父親・夫である点も共通しています。そのうえで、会話文のありようにも類似性があるということは、その視点人物の立場や作品における意味合いも似通っていることが予想されます。

この作品は七つのパートから成り、第一と第二が現在時点、第三から第五が過去時点、そして第六と第七がまた現在時点というように、入れ子の構造になっています。このような作品構造は、『思い出トランプ』のすべての作品にほぼ当てはまります。

会話のやりとりが示されるのは、現在時点に戻った、六番めのパートです。そこでは、風邪気味のため会社を休み、一人で家にいた楠が、発作が起きたように、突然に家探しを始めます。その最後に娘の部屋で、ピアスを踏みつけ、引き出しに入っていた煙草を見つけて、一服していたところに、外出していた娘と妻が戻って来ます。

「パパ、なにをしてるのよ」

いきなりどなられた。

娘が大学から帰ってきたのだ。

「黙ってひとの部屋に入って。いくら親だってひどいわよ」

気がついたら、食ってかかる娘の横面を殴っていた。

「文句をいえた義理か。これはなんだ、これは」

喫いかけの煙草とライターを突きつけ、踏みつけたピアスと足の裏の傷を持ち上げてみせたところで、理屈にもなっていないことは、楠にもよく判っていた。

この時の、娘に対する言動からは、「酸っぱい家族」の九鬼本とは違い、楠は家庭内では暴君的に振る舞っていたことがうかがえます。それでも、家庭内で孤立しているという点は九鬼本と同じです。

楠の暴君的な振る舞いはしかし、もともとの性格によるというよりは、過去の鬱屈を抱えていたからでした。それが過去時点での耳にまつわるエピソードになるのですが、そこに会話のやりとりは出て来ません。

過去のエピソードが語られる中でとくに印象に残るのは、楠が子供の頃、ごく短い期間、隣に住んでいた女の子の発話が三回も出て来ることとです。耳の突起のところにあるイボに赤い絹糸を結んでいた女の子が、先にも引用したように、次のように語っています。

「こうやってきつく結んでおくと、そのうちにイボは腐って落ちるのよ」

女の子はそう言って、見せてくれた。

「お風呂から上ると、おばあちゃんが、新しい糸で結び直してくれるの。本当はもっときつく結ばなくてはいけないんだけど、そうすると、あたしが痛がって可哀そうだから、お父さんが、もっとそっと結びなさいっていうの。だから、イボはなかなか取れないの」

〔略〕
「お父さんたら、いつもあたしのこと膝にのっけて、耳の糸、引っぱって遊ぶのよ。いやンなっちゃう」

一人の登場人物の、しかも女の子の、これだけ長い、続けての会話が示されることは、『思い出トランプ』の他の作品には見られません。加えて、この女の子は物語の主要人物ではなく、第三のパートに現われるだけで、その後は楠の弟と入れ替わるようにして、あっという間に、姿を消してしまうのです。

そのようにした意図はきわめて明らかです。楠の鬱屈の原因となった、耳への執着の異常性を引き出すきっかけとして、楠の心の中に深く刻印される発話だったことを示すために他なりません。

この女の子の発話の後に、それに刺激を受けた、次の一節があります。

楠は、女の子の耳をさわりたいと思った。
赤い絹糸を、強く引っぱって、女の子に、

「痛い」

といわせてみたかった。

泣かせてみたいと思った。

この「痛い」という言葉はあくまでも楠の想像上のものですが、それを会話文として示したのは、楠の中では、当の女の子の、非常にリアルな声として響いたことを表わすためでしょう。ここには、自分の好きな女の子を泣かせてみたいという、倒錯した、しかし男の子にはありがちな心理がうかがえます。

楠の弟・真二郎の片耳が難聴になった原因は、はっきりと描かれていません。ただ、楠は、女の子の代わりに、弟の耳の中に火の付いたマッチ棒を入れたせいだと思い込んでいますが、真相は分からずじまいです。それを突き止めることを、楠が自らに禁じてきたからです。母親もそれを語ることがついにありませんでした。

もしかすると、隣の女の子の家族が引っ越して行ったのは、楠がその女の子の耳の絹糸を引っ張っただけでなく、その中をのぞこうとして、火の付いたマッチ棒を入れて怪我をさせたせいだったのかもしれません。

どちらにせよ、楠にとって、耳に関わる記憶はタブーであり、それゆえにいつまでも解消することのない鬱屈として、心の中に淀んでいるのでした。

作品末尾には、久しぶりに弟に会おうかと考え、その時の弟との会話のやりとりを、こんなふうに想像します。


ものはためしということもあるから、隣りの家に住んでいた、耳から赤い絹糸を垂らした、女の子のはなしをしてみようか。

あのとき真二郎はたしか四歳である。

「おぼえてないなあ」

小首をかしげ、体を斜めにしながら、こう答えるに決っている。


「こう答えるに決っている」という決め付けは、むしろそうあってほしいという、楠の願いでしょう。もし万が一、覚えていたとしたら、と思うと、楠の頭はもうそれ以上、働かなくなるのでした。

花の名前

「酸っぱい家族」からは一転して、会話文も会話のやりとりも多く見られる作品です。しかも二つの点で、他作品から際立っています。一つは、会話のやりとりが、視点人物の常子と夫の松男の間だけでなく、常子と松男の元愛人・つわ子との間でも、同じくらいに示されている点、もう一つは、つわ子とは電話でのやりとりも描かれている点です。

最初に出て来るのは、常子とつわ子との電話でのやりとりで、第二パートにあります。

弾んだ声で名乗ると、

「奥さんですか」

はじめて聞く女の声だった。

「どなたさま」

しばらくの沈黙があった。

「ご主人にお世話になっているものですが」

こんどは常子が黙る番だった。

いきなりの告白ですから、常子が夫に関する「まさかとやっぱり」という「ふたつの実感」によって混乱し、黙り込んでしまうのも当然でしょう。

この電話でのやりとりは、相手の名前を確認するところで終わります。

念を押す常子に、

「つわぶきのつわです」

「石の蕗と書く――」

「いいえ、ひらがなでつわ子」

「つわ子」という名前の説明をするのに、なぜ、あまり一般的には知られていない「つわぶき」を持ち出したのでしょうか。

常子は、「女の名が、花の名前と同じだということに気がつい」て、「急におかしく」なり、「体を二つ折りにして笑」うのですが、じつはそれが後の会話のやりとりの伏線になっているのです。

つわ子との直接のやりとりが出て来るのは、飛んで第四パートです。

「つわ子って、珍しいお名前ねえ。うちの主人、すぐ言いましたでしょ。つわぶきからとったなって」

ええ、と相手が答えたら、昔のことを話すつもりだった。花の名前は、わたしが教えたんですよ。

だが違っていた。

「いいえ別に」

つわ子は、ゆっくり答えた。

「そういえば、ご主人、あとになって言ったわねえ。君のおふくろさん、つわりが重かったのかいって」

人の好さそうな顔で笑うと、

「そんな名前、子供につける親、ないですよねえ」

常子の思惑ぶくみの質問に鷹揚に答えるつわ子から、常子は自分が二重の思い違いをしていたことに気付かされます。一つは、つわ子という名前がつわぶきという花に由来すること、もう一つは、夫の松男もそのように思うこと、です。常子は、「夫がその女にひかれたのは、恐らく名前のせいに違いな」く、それというのも、自分の「教え甲斐があった」からと思っていました。それらが見事に覆されてしまったのです。

いっぽう、常子と松男の会話のやりとりとしてのメインは、末尾の第五パートになります。つわ子とのやりとりをふまえて、常子は松男を追及します。

叩きつけたい言葉を呑み込んで、

「つわぶきの花、知ってます」

と聞くと、酒くさい息が面倒くさそうにこう答えた。

「つわぶきか。黄色い花だろ」

「つわ子って人、知ってる」

常子の口を封じるように、

「此の頃、見かけないなあ、あの花は」

奥へ入ってゆく夫の背に、
「電話があったわよ。あのひと、一体……」
追い討ちをかけると、夫の足がとまった。
「終ったはなしだよ」

つわ子とであれ、松男とであれ、これらの会話のやりとりは、まるでテレビドラマのようではありませんか。一つ一つの会話が、話し手の表情や身振り、声の出し方までを、緊迫感をはらんで、リアルに浮かび上がらせています。

これは、会話のやりとりそのものが、互いの思いの駆け引きとなっているということであり、地の文にして、その内容だけを示して済ませられるようなものではありません。まさにテレビドラマのワン・シーンを再現しているといえます。

常子とつわ子の会話のやりとりは、立場の違いもさることながら、松男との関係の違いを如実に示しています。つわ子が常子に対して告げた、「なんでもよくご存知なんですってねえ。あたしと反対だわ。あたし、馬鹿で有名なんですよ」は、松男に対する、女としての魅力や優越性を、逆に誇示しているようにさえ思われます。

松男との会話のやりとりのほうは、それなりの年数を経た、浮気を追及する妻と誤魔化そうとする夫という関係から見れば、ありきたりのように見えますが、結婚前後の松男とのやりとりを今も覚えている常子にとっては、ひどいショックなのでした。

第三パートに出て来る、結婚前の松男は、「花の名前をほとんど知らなかった」男であり、「おれは不具だな」と言って、「結婚したら、花を習ってください。ぼくに教えてください」と常子に殊勝なお願いをしていました。そして、上司にほめられると、「お前のおかげで、人間らしくなれた」と感謝さえしていたのです。

それが、作品末尾の、
花の名前。それがどうした。

女の名前。それがどうした。

夫の背中は、そう言っていた。

では、もはや言葉ではなく、背中が、夫・松男の変貌を常子に思い知らせるのでした。

ダウト

『思い出トランプ』の最後に置かれた、この作品も、会話文が多いグループに入ります。その中で目立つのは、二九例の会話文のうち一七例までが、塩沢と妻との間で交わされたものであるということです。

それなのに、この夫婦の関係のありようが作品のテーマなのではありません。二人の間でもっぱら話題にされるのは、塩沢の従弟の乃武夫のことであり、その乃武夫をとおして、塩沢と父親の関係が主要なテーマになっています。

つまり、この夫婦の会話のやりとりは、テーマとは一見関係がなさそうな話題に目を向けさせたうえで、意外な展開を見せるための前置きとなっているのです。ただし、前置きと分かるのは結末まで進んでからのことであり、それまでは話題の乃武夫がその後、何かしでかすのではないかと思わされます。

第二パートは、次のような会話のやりとりで始まります。

「乃武ちゃん、どうします」

通夜や葬式の日取りを電話で知らせながら、女房が塩沢の顔をうかがった。

「こっちから知らせることはないだろ」

「でも、乃武ちゃん、ほかとはつき合いがないんじゃないの」

「〝ちゃん〟て年じゃないよ」

「あなたのひと廻り下だから、そうか、乃武ちゃん、もう三十五なのねえ」

「いい年して、フラッカフラッカしてるから、誰も相手にしないんだよ」

このやりとりからは、乃武夫に対する態度・評価が塩沢と妻とでは、正反対であることが知れます。さらに、同じパートで、こんな、二人のやりとりが続きます。

「あなた、乃武ちゃんていうと、目の仇にするわねえ」

「そういうわけじゃないけどさ。この前みたいなことがあると、嫌じゃないか」

「この前って――本家のお葬式のこと」

「親戚同士で、金のことでゴタつくのはご免だよ」

「でも、現場押さえたわけじゃないでしょ」

「ほかにあんなことする奴はいないよ」

このような、熟年夫婦のやりとりは、向田のテレビドラマに出て来そうですよね。とくに、妻の言葉に対する「〃ちゃん〃て年じゃないよ」や「そういうわけじゃないけどさ」などの塩沢の対応は、日常的な会話でもよく見られる、会話のはぐらかしを自然に取り入れたものになっています。

次の第三パートでも、同様のやりとりが続きます。塩沢の父の葬儀の場に、乃武夫が現われたときでした。

「今度は大丈夫そうよ」

耳元で報告する女房に、

「目を離すな」

と言った。

「この前みたいなことがあると、恥掻くのは俺だからな。会社の連中の手前もある」

終りのほうは思わず声が高くなって、女房にたしなめられた。

ここまで来ると、乃武夫に対して過剰なまでに神経質になる塩沢に、さすがに疑問が生じます。それが第四パートで明らかになります。かつて会社の会長に、上司の鯨岡のことを「讒訴」したことがあり、その電話の声を乃武夫に聞かれてしまったと、本人に確かめることもできずに、塩沢は思い込んでいたのでした。

次の第五パートは、「葬壇の前で夜伽をしながら、塩沢は乃武夫をいたぶった」という地の文から始まります。塩沢は乃武夫を怒らせて、「大きなことといえた義理かい、自分はなんだよ」という乃武夫の言葉を引き出そうと、あれこれ試みるのですが、「乃武夫は、のらりくらりと逃げ、酔って眠ってしまった」というところで、このパートが終わります。

その間の会話のやりとりは、塩沢と乃武夫の二人だけなのですが、やりとりとして、つまり応答ペアとして示されるのは、一つもなく、どちらか一方だけが会話文として表示されています。たとえば、

乃武夫は、頭を搔いて、

「いろいろ迷惑かけているからね。出来るときにしとかないとね」

という答えの言葉を引き出す、塩沢の「香奠の五万円は、お前の格としては多過ぎるんじゃないか。それともなにかの罪滅ぼしのつもりか」という問いは、地の文であり、

「俺は土曜に小金借りる男は嫌いだね。間に日曜がはさまると、なし崩しにごまかせると思ってる。借りるのなら、月曜にドカンと借りるべきだよ」

「人に名刺を見せられるようになってから出入してくれ」

のように、続けて会話文として示される塩沢の言葉に対する、乃武夫の発話は示されないままです。

これはつまり、二人の間にはコミュニケーションが成り立っていないということです。乃武夫のほうはともかく、塩沢はそもそもそれを求めたわけではなく、相手を挑発することが目的でしたから、通常のコミュニケーションにはなりようもありません。この作品のタイトルとなった「ダウト」というトランプゲームを一方的に仕掛けただけなのです。そのゲームさえも、一人よがりのままで成り立つことはありませんでした。

そうして、冒頭のパートで描かれた、塩沢と父親との関係が、最後のパートでもう一度蘇ります。

乃武夫が「あの声を聞かなかった」にせよ、「聞いて、聞かぬ振りをしていてくれた」にせよ、「ちゃらんぽらんで、ごまかしながら世渡りをしているこの男に、たったひとつ、俺のかなわない澄んだところがあるのか」と、乃武夫のことを見直す裏返しで、「あの人格者といわれた父」と、「人間的にもよく出来た人、という評価のある」自分に「汚点」という共通点があることで、塩沢は、ずっと隔てられていたと思っていた父親とやっと和解できたような気持になるのでした。

この作品では、相手が何も語らないこと、コミュニケーションが成り立たないことが、自分にとって都合のよい解釈を導き出すことになっています。究極のところ、コミュニケーションというのも、じつはそのようなものだといえなくもありません。人間関係において大切なのは、事の真相をあばきたてることではなく、とりあえずその場を何とか無事にやりすごすことにあるのならば。

まとめ

『思い出トランプ』の各作品について、会話文を中心として、それらがどのような役割を果たしているか、またそれによって作品がどのように成り立っているかを見てきましたが、いかがでしたか。

小説を読む時、会話文だけとか、会話文に注目してとかいう読み方は普通、しませんよね。たいていは、短編・長編を問わず、ストーリーの展開を中心に読み進めるのであって、会話文はもっぱら、その展開の場面場面を、あるいは登場人物のキャラクターのそれぞれを描写するものとしてのみ読まれているように思われます。中には強く印象に残る会話文があったとしても、地の文に重点を置いて読むのは、きわめて順当といえます。向田邦子の『思い出トランプ』だけが例外ということはないでしょう。

しかし、向田はエッセイスト、小説家である前に、類いまれなシナリオ作家でした。シナリオ作家としての成功がなければ、エッセイも小説も書くことはなかったでしょう。そして、シナリオ作家としての向田の才能は、何よりもそのセリフ回しに遺憾なく発揮されていました。

その才能が、たとえジャンルが異なるとはいえ、エッセイや小説に生かされないはずがない、そういう目論見で、『思い出トランプ』の会話文を調べて、まず驚かされたのは、その意外なほどの量の少なさでした。読んだ際に意識していなかったとはいえ、もっとたくさん出て来るのではないかと思っていたのです。その当てが見事に外れてしまった後に、あらためて会話文とは何かを考えることになりました。

会話文の認定

小著でも何度か「物語」という言葉を使いましたが、それはもともと誰かによって語られた物であることに由来します。小説についても、実際の書き手とは区別して、作品ごとに「語り手」という存在が設定され、語り手は作品全体の語りを統括する立場にあります。その語りは地の文はもちろんですが、会話文にも及びます。小説における会話文とは、実際に行われた会話を再現したものではなく、作品にとっての必要に応じて作り出され、表現されるものです。

小著では、会話文を、改行されカギカッコでくくられたものに限定して認定しました。それはそのようにして、地の文と明確に区別することが意図された結果と見られるからです。その意図は言うまでもなく、当の会話文を目立たせるために他なりません。『思い出トランプ』における会話文の少なさも、目立たせる必要があってのことです。

単純な話ですが、目立つのは少ないからです。会話文がやたら出て来たのでは、目立たせようもありませんよね。そういう意味で、『思い出トランプ』のほぼ一割という会話文の比率は、目的に適っているといえます。

では、なぜその会話文を目立たせようとしたのかについては、各作品における意味・位置付けとして、それぞれ説明してきたとおりです。それが、複数の作品に共通するものもあれば、相異なるものもありました。そこで見逃せないのは、会話の内容そのものよりも、作品中の誰が話したのか、誰と話したのか、どういう場面あるいはどういう思いで話したのかなど、会話を成り立たせる、いくつかの要因でした。

とはいえ、それだけだとしたら、小説らしい語りにするためとはいえ、向田のセリフ回しの才能が抑制されているように思えませんか。じつは、一つ秘策があったのです。

一見、地の文

会話文が描写であるのに対して、地の文は物語を展開する説明ということで、両者の性格が区別されるのが一般的です。しかし、『思い出トランプ』の地の文は必ずしもそれに限られてはいないことは、各作品の説明の中で繰り返し触れてきたことです。発話相当が地の文に埋め込まれているケースです。

会話文として目立つ形で表示される発話は、そのほとんどが一行以内の短いものでした。それに対して、地の文あるいは地の文に埋め込まれた発話のほうがはるかに多く、しかも長いことは、これまでの引用だけでも明らかでしょう。一見、地の文のようでありながら、それは物語を展開する説明なのではなく、会話文という目立つ形をとることなく、会話描写を示しているということです。それに読者が何の違和も感じることなく読んでいるとすれば、それこそが向田の秘策でした。シナリオではなしえない、しかし小説としても決してノーマルとはいえない方法を編み出したのです。

先に、小説には、地の文と会話文以外に、地の文に準じる心話文という区別もあるということに触れました。一人だけで呟いたこと、あるいは心の中で思ったことを示す文ですが、『思い出トランプ』の表現・表記のしかたは、地の文、心話文、会話文という単純な区別を無化するものになっています。

発話が地の文の中で示されるだけでなく、心話文が改行・カギカッコ付きで、会話文のように示されることもありますし、会話のやりとりを会話文として示しながら、地の文のように場面展開を見せることもあります。そういう点からすれば、『思い出トランプ』の語りは、かなり実験的な試みだったといえます。

それを可能にしたのは、あの「マンハッタン」の睦男のように、向田の頭の中で聞こえ続けた語りだったのではないでしょうか。シナリオの頃から、向田の「一気書き」は有名でした。どう描くかをいちいち考えながらではなく、全体の流れがつかめたら、後はその流れに乗って、頭の中の語りをそのまま写してゆくという書き方です。その際、地の文か心話文か会話文かという区別自体よりも、その全部を含めての語りの流れのほうが重んじられたのです。それを、先に「秘策」と呼びましたが、向田にとっては、体裁上はともかく、シナリオ以来の、いわば必然的な書き方だったのではないでしょうか。

コミュニケーション小説

『思い出トランプ』の各作品における会話文全体をとおして、それが多くても少なくても、共通に考えさせられるのは、コミュニケーションとは何か、ということです。

夫婦間の会話のやりとりだけをとっても、「かわうそ」「はめ殺し窓」「三枚肉」「マンハッタン」「男眉」「大根の月」「酸っぱい家族」「耳」「花の名前」「ダウト」の十作品に見られますが、視点人物がどちらであれ、ごく普通の夫婦の会話のありように見えながら、どれもどこかギクシャクしたところがあるように感じられませんでしたか。少なくともお互いに楽しくてなごやかな会話のやりとりというのは、一つも見出せません。夫婦という建前に縛られ、人間同士のコミュニケーションとしての親密さに欠けているのではないかということです。むしろそのありようが夫婦の現実を反映しているのかもしれませんが。

ましてて、愛人関係の「だらだら坂」や、相手を犬扱いする「犬小屋」や、大人になった姉と弟の関係の「りんごの皮」では、会話のやりとりさえまともにありません。コミュニケーションの前提となる、人間として対等な関係が成り立っていないからです。

このように考えると、『思い出トランプ』は、会話文のありようをとおして、さまざまなコミュニケーションの食い違い方を描いてみせた作品ともいえそうです。その食い違いを引き出したり増幅したりすることになるのが、視点人物の思い込みです。人は誰でも自分の都合のよいように、コミュニケーションをとりたがるものです。しかし、その一方で、その性向に気付かされるのもまた、相手との接触つまり会話のやりとりによってなのでした。

あとがき

　向田作品は読み直すたびに、新たな発見があります。それはつまり、どんなに丁寧に読んだとしても、見落としがあるくらい、いろいろな魅力的要素がちりばめられているということです。名作の名作たるゆえんでしょう。

　その要素のすべてが、書き手である向田によって、あらかじめ周到に意図・計画されていたとは考えにくく、おそらくはいわゆる「筆の流れ」に任せながら、結果的に作品ごとに調和的に布置されることになったと思われます。天才の天才たるゆえんです。

　そんな気持を抱きながら、大学の文体論の授業で、『思い出トランプ』を学生に読ませ感想を聞いてみたところ、暗くてドロドロしているというマイナスの印象が大方だったことに、少なからぬショックを受けてしまいました。

　たしかに、書かれた時代はずいぶん前ですし、取り上げられる年代層とも開きがありますから、今の若者がすんなりとは受け入れられないというのも分からなくはありません。

それに、あらためて考えてみると、テレビドラマの脚本家としての向田は、乳癌の手術を境にして、それまでのドタバタ劇からシリアスドラマに大きく転換していたのでした。『父の詫び状』に収められたエッセイも、単行本のあとがきによれば、その手術後に、「のんきな遺言」のつもりで書かれ、自身も明るい内容とは思っていなかったようです。それらを考えれば、『思い出トランプ』が暗い印象を与えるというのも、どこかでつながっているはずであって、学生たちの反応もあながち見当外れとはいえなくなります。

近年は、さかんに「コミュ力」（コミュニケーション能力）の必要性が説かれるように、他人とはもとより、家族とさえ、人間関係をとるのが難しくなり、心を病む人が珍しくない時代となってしまいました。その只中にいる学生たちにとって、『思い出トランプ』に描かれた人間関係そしてコミュニケーションのありようは、他人事ではなく、むしろ以前よりも痛切に感じられるのかもしれません。そのせいで、暗くドロドロしているという印象を受けたのだとすれば、無理からぬところです。

どのくらい前からか、朗読会なるものがあちこちで盛んに開かれるようになりました。

幼児への読み聞かせとは異なり、朗読者も聴衆も中高年層が中心で、そこではしばしば向田作品が対象とされているようです。

それは何よりも作品の内容に対する共感から選ばれているのでしょうが、それだけではないような気もします。向田作品を音読・朗読すること、あるいはそれを耳にすることの醍醐味があるからではないでしょうか。

かつて谷崎潤一郎は『文章読本』の中で、「話すように書け」と勧めていました。耳で聞いて心地よく分かる文章が良い文章であるという考え方は、今でも通用しています。その一般的な妥当性はともかく、少なくてもラジオシナリオ作家出身の向田の作品に関しては、ジャンルを問わず、そのまま当てはまるように思えます。

向田はどの感覚も優れた人でしたが、あえてその中の一番を挙げるとすれば、聴覚だったのではないかと思われます。彼女が話し上手である以上に、聞き上手だったことは、関係者の多くが語るところです。そして、『父の詫び状』に典型的に現われているように、聞いた話はその話しぶりとともに、そっくり向田の記憶の中に蓄積され、必要に応じて、繰り出されることになりました。

シナリオでの「当て書き」を得意としたのも、その役者たちとの会話のやりとりを克明に覚えていたからこそです。あるいは、小説においても、たとえ虚構とはいえ、向田自身はもとより、モデルとなったであろう多くの人々との実際の会話が元になっていたのではないかと推察されます。

これまで公刊した、向田作品に関する一冊めの『向田邦子の比喩トランプ』では、『思い出トランプ』に見られる比喩表現を、二冊めの『向田邦子の思い込みトランプ』では、各作品の視点人物の思い込みを、三冊めの『向田邦子の末尾文トランプ』では、各作品の末尾文を、取り上げ論じてきました。そして、今回は会話文ということになります。

一つの文学作品について、これだけ多面的に把えたものはあるまいとひそかに自負するところもあります。しかし、それらを公けにしてきたのは、時代の風雪に耐え今後なお生き続けると信じられる向田作品の魅力を広く伝えたいと願うからに他なりません。それがいささかなりとも実現されることを祈るばかりです。

半沢 幹一（はんざわ かんいち）
1954年2月9日　岩手県生まれ
1976年3月　東北大学文学部国語学科卒業
1979年3月　東北大学大学院文学研究科修士課程修了
2019年3月　同上博士課程後期修了
学位：博士（文学）
現職：共立女子大学文芸学部教授
主著：『文体再見』（2020年, 新典社）
『向田邦子の末尾文トランプ』（2020年, 新典社）
『向田邦子文学論』（向田邦子研究会編, 2018年, 新典社）
『向田邦子の思い込みトランプ』（2016年, 新典社）
『向田邦子の比喩トランプ』（2011年, 新典社）

新典社新書 85
向田邦子の会話文トランプ

2023年9月1日　初版発行

著者――半沢幹一
発行者――岡元学実
発行所――株式会社 新典社
〒111-0041　東京都台東区元浅草2-10-11 吉延ビル4F
ＴＥＬ：03-5246-4244　ＦＡＸ：03-5246-4245
振　替：00170-0-26932
https://shintensha.co.jp　E-Mail:info@shintensha.co.jp

印刷所――惠友印刷 株式会社
製本所――牧製本印刷 株式会社

ISBN 978-4-7879-6185-3 C0295

定価はカバーに表示してあります。
乱丁・落丁本は、お取り替えいたします。小社営業部宛に着払でお送りください。